로또부터 장군까지 5

2023년 9월 21일 초판 1쇄 인쇄
2023년 9월 26일 초판 1쇄 발행

지은이 게르만
발행인 강준규

기획 이기헌 왕소현 임동관 박경무 강민구 조익현
책임편집 오영란
마케팅지원 이원선

발행처 (주)로크미디어
출판등록 2003년 3월 24일
주소 서울시 마포구 마포대로 45 일진빌딩 6층
Tel (02)3273-5135 **Fax** (02)3273-5134
홈페이지 rokmedia.com **E-mail** rokmedia@empas.com

값 9,000원

ISBN 979-11-408-1203-5 (5권)
ISBN 979-11-408-1132-8 04810 (세트)

ROK MEDIA
로크미디어
로또부터 장군까지
게르만 현대 판타지 장편소설
5

CONTENTS

Chapter 1	7
Chapter 2	67
Chapter 3	127
Chapter 4	189
Chapter 5	251

Chapter 1

"……군인은 언제나 즉시 출동할 수 있는 상태를 유지해야 합니다. 이를 대비해 중대에서는 매일 인원 및 장비를 최신화하여 관리 중이며, 추후 출동시 탑승할 차량 또한 미리 선정해 둔다면 더욱 신속히 출동할 수 있을 것으로 생각합니다."

대한의 말이 끝남과 동시에 최한철과 박희재의 얼굴에 미소가 번졌다.

마치 어린 손자 재롱 보는 듯한 그런 표정.

물론 이원영은 좀 달랐다.

그가 보기엔 아무리 봐도 대한이 오버하는 것처럼 보였기 때문.

하지만 딱히 뭐라고 하진…… 아니, 할 수가 없었다.

최한철의 표정을 보니 대한에게 아주 제대로 꽂혔음을 알 수 있었으니까.

최한철이 흐뭇한 표정으로 말했다.

"나랑 아주 똑같은 생각을 하고 있구나."

"제가 어떻게 참모장님 같은 생각을 할 수 있겠습니까. 다 대대장과 중대장이 잘 알려 준 결과라고 생각합니다."

"상급자한테 말도 잘하고…… 소대장, 장기 자원인가?"

"예, 군 생활에 뜻이 있습니다."

"흠…… 단장, 이 친구 당겨 갈 건가?"

최한철이 조심스레 묻자 이원영이 얼른 고개를 저었다.

"아닙니다!"

"그래? 이상하네…… 무조건 데리고 간다고 할 줄 알았더니만."

대한은 이원영의 칼 같은 대답에 조금 어이가 없었다.

'아무리 그래도 당사자가 바로 옆에 있는데 말이라도 데려간다고 하겠다.'

전부터 미운 털이 좀 박혀 있다는 건 알고 있었다.

하지만 대한도 모르는 사이 그 미운털이 좀 늘어난 모양.

물론 신경 쓰지 않았다.

대위 전까지 대대에만 머물러도 크게 상관은 없었으니까.

'초급장교 보직은 큰 의미 없으니까. 결국 평정만 잘 받으면 되지.'

대대장이 잘 챙겨 준다면 오히려 그게 더 괜찮을 수도 있었다.

그때, 최한철이 대한과 박희재를 향해 말했다.

"그럼 내가 데리고 가도 괜찮겠네?"

"……예?"

"잘못 들었습니다?"

뭐?

누가 누굴 데려간다고?

대한은 본인이 물건 취급당하고 있었지만 전혀 기분이 나쁘지 않았다. 아니, 애초에 나쁠 이유가 없었다. 장군이 초급장교를 데리고 간다는 게 어떤 의미인지 그 누구보다도 잘 알고 있었으니까.

'이건 무조건 부관으로 쓰려는 거다.'

장군의 부관.

중위 계급의 꽃이라고 할 수 있는 보직이었다.

부관이 되면 장군을 따라다니며 장군에게 직접 군 생활을 배울 수 있었고 미래에 본인이 장군이 되었을 때 어떻게 행동할 것인지 생각할 수 있는 자리였다.

그렇기에 보직의 특성상 보통 장기복무가 일찍이 확정된 육사, 그중에서도 졸업 성적이 뛰어난 자원들 중에서 주로 뽑혔다. 그도 그럴 게 장성이 나와도 그들 중에 나올 확률이 높았으니까.

물론 대한은 육사 출신이 아니었지만 그럼에도 한때 부관이 되고 싶었던 적이 있었다.

'부관으로 간 동기들을 보며 늘 부러워했었지. 하지만 실상을 알고 난 뒤로는 가고 싶은 마음이 싹 사라졌지만.'

그래서 기도했다.

제발 데려가지 말라고.

그러나 최한철은 이미 대한에게 단단히 꽂힌 상황.

최한철이 턱을 쓰다듬으며 대한에게 말했다.

"소대장아, 너 내년이나 내후년쯤에 내 부관해라."

역시.

예상은 했다.

마음에 드는 위관 장교를 발견했을 때 그를 옆에 데리고 다니려면 부관으로 데려오는 수밖에 없었으니까.

분명 좋은 제안이었다.

하지만 대한은 조금도 고민하지 않고 대답했다.

"한번 생각해 보겠습니다."

"……응?"

대한의 대답에 최한철은 순간 당황했다.

그도 그럴 게 당연히 수락할 줄 알았으니까.

'좋은 자리긴 하지만 그보다 야전에 있는 게 훨씬 더 좋아.'

최한철이 군 생활을 얼마나 더 할 수 있을까?

장군은 수명이 짧다.

아무리 진급을 두 번 더 해서 대장이 된다고 해도 대한의 소령 진급 시기 전에는 무조건 군복을 벗을 수밖에 없다.

그 말은 결국 최한철이 대한의 뒷배가 되어 줄 수 없다는 말.

물론 최한철을 따라다니며 얻는 인맥이야 있겠지만 학군 출신인 대한이 그 인맥을 흡수하기란 말처럼 쉬운 게 아니었다.

이건 노력의 문제가 아니었다.

현실이었다.

왜냐하면 이는 출신별 특성에 문제가 있었으니까.

'육사는 선후배끼리 잘 도와주지만, 학군은 개인 밥그릇 챙기기 급급하지.'

삼사도 마찬가지였다.

육사라는 이름 아래 똘똘 뭉친 그들과는 달리 삼사나 학군이나 다들 자기 생존에 바빴다.

그래서 최한철의 제안을 바로 수락하지 않은 것.

대한은 당황한 최한철의 마음을 달래 주기 위해 바로 뒷말을 붙였다.

"제가 참모장님 부관이 되어 임무 수행을 잘할 자신이 생기면 그때 다시 말씀드리겠습니다."

"……자신감이야 부관하면서 챙기면 되는 거지, 안 그래?"

"아직은 제가 군 생활에 대해 아는 게 별로 없어 좋은 판단을 할 수 있을지 모르겠습니다. 참모장님의 제안이야 과분할 정도로 감사하지만, 스스로 확신이 생길 때까지 고민하는 편이라 바로 확답드릴 수가 없었습니다. 죄송합니다."

군인다운 거절.

대한이 생각하기에 자신이 내놓을 수 있는 최선의 답변이었다.

그래서일까? 대한을 제외한 세 사람은 모두 비슷한 표정으로 놀라고 있었다.

그도 그럴 게 이런 소위는 처음 봤으니까.

아니, 그들이 보기에 굴러들어온 복을 제 발로 차 버린 것처럼 보였으니까.

하지만 대한은 자신의 판단력을 믿었다.

결국 사회에서 자신을 챙길 수 있는 건 오직 자신뿐이었으니.

그때, 최한철이 피식 웃으며 물었다.

"명령이라면?"

아, 진짜.

치사하게 힘으로 찍어 누르기 있나?

심지어 지휘체계도 무시하고 들이댔다.

대한은 반박을 해 볼까 하다 이내 어쩔 수 없다는 듯 대답했다.

"……명령이라면 당연히 따라야 하지 않겠습니까."

"크큭, 특이한 놈이구나."

대한의 대답에 최한철이 피식 웃는다. 그러더니 이내 곧 고개를 내저으며 한숨을 푹 내쉬었다.

"어휴, 내가 소위 하나 잡아간다고 힘쓰는 것도 추하다. 나중에 자신이 생기면 그땐 꼭 연락해라."

"예, 알겠습니다."

"참 희한한 놈이야. 하지만 그래서 더 탐난단 말이지……."

그때, 눈알만 데굴데굴 굴리고 있던 이원영이 얼른 최한철을 위로했다.

"아직 제안하신 자리가 어떤 자리인지 몰라서 이러는 것 같습니다. 이따 저랑 대대장이 잘 설명해 주겠습니다. 그러면 생각이 바뀌지 않겠습니까?"

"그래, 잘 좀 알려 줘라. 그나저나 오늘 상 주러 와서 이게 뭐 하는 짓인지 모르겠네."

"상 말씀이십니까?"

"응, 사령관님 이름으로 하나, 그리고 내 이름으로 하나. 이렇게 2개 표창 수여하기로 결정됐다."

4성 장군의 표창이라니.

역시 시켜서 하는 일이 아니었기에 위험은 있었지만 그만큼 보상이 컸다.

이원영이 조심스럽게 물었다.

"혹시 대상자가 누구……."

대령도 탐내는 표창이었다.

하지만 최한철은 이원영의 기대감을 한 번에 짓밟아 버렸다.

"사령관님 거는 대대장이 받으면 될 것 같고 내 이름으로 나가는 건 누가 받아도 상관없긴 하다만…… 개인적으로 소대장이 받았으면 좋겠는데?"

대상자가 정해져서 내려오는 표창이 있고 부대에서 대상자를 정하는 표창도 있다.

박희재는 이번 뉴스의 주인공으로서 당연히 사령관 표창을 받아야 했고 나머지 하나는 박희재가 정하면 됐다. 그런데 지금 최한철이 직접 대상자를 말했으니 대한으로 확정된 것이나 마찬가지인 셈.

그래서일까?

이원영이 아쉬운 감정을 숨기며 대답했다.

"좋은 생각이신 것 같습니다."

"그렇지? 이번 달 안으로 보낼 테니 단장이 직접 수여해 주면 되겠네."

"부대의 자랑이 되도록 잘 준비해 보겠습니다."

"그래, 단장이 고생해 주고. 난 그럼 이제 할 말 끝난 것 같은데 뭐 나한테 할 말 있는 사람 있나?"

당연히 없었다.

그래도 세 사람은 눈치를 봤고 이원영이 대표로 말했다.

"없습니다. 와 주셔서 감사합니다."

"뭘, 감사까지야. 장성이 된 이후로 어지간하면 부대 방문은 안 하려고 했는데 오히려 내가 미안하다."

"아닙니다. 이렇게 격려도 해 주시는데 후배 입장에선 그저 감사할 따름입니다. 그렇지, 대대장?"

"예, 맞습니다."

"허허, 대대장도 그렇게 생각하나? 그렇게는 안 보이는데…… 아무튼 대대장은 지금처럼만 해. 그럼 꼭 빛을 보게 될 테니까. 소대장도 지휘관들 말 잘 듣고 잘 배우고. 그리고 아까 한 말, 한 번 잘 생각해 봐. 흔치 않은 기회니까."

두 사람에게 의미심장한 말을 남긴 최한철은 세 사람과 일일이 악수를 나눈 뒤 정문에 주차된 차에 그대로 탑승했다.

"부대 차렷! 참모장님께 대하여 경례!"

"충성!"

이윽고 최한철이 탄 차량이 시야에서 사라지자 그제서야 이원영이 한숨을 쉬며 말했다.

"하…… 바로."

"후……."

최한철이 떠나자 그제서야 한숨을 돌리는 두 사람.

대한은 좀 달랐다.

한숨을 돌리기 보단 최한철 덕분에 마음이 넉넉해졌기 때문이다.

'표창에 부관 자리 제안이라…….'

전생이었다면 꿈도 못 꾸었을 것들.

하지만 이번엔 둘 다 자신에게로 왔고 심지어 장군이 보는 앞에서 거절까지 했다.

그래서 긴장한다거나 불안해할 겨를이 없었다.

이윽고 단장이 수고했다는 말과 함께 먼저 들어가 버렸고 박희재와 함께 대대 막사로 복귀했다.

대한이 중대로 올라가려고 할 때였다.

박희재가 대한을 붙잡으며 말했다.

"대한아, 잠깐만 이야기 좀 하자."

"예, 알겠습니다."

대한은 그대로 대대장실로 따라 들어갔고 자리에 앉아 콜라 한 캔을 건네받을 수 있었다.

"일단 좀 마시고 하자."

"예, 잘 마시겠습니다."

박희재는 목이 탔는지 콜라 한 캔을 그대로 원샷 해 버렸다.

"크으…… 이제 좀 살 것 같네."

"고생하셨습니다. 대대장님."

"그러게. 오랜만에 상급자다운 상급자랑 이야기하려니까 진이 다 빠진다."

"하하……."

긴장 안 하는 것 같더니 그래도 힘 좀 들어갔었나 보네?

하긴 최한철은 이원영 같은 동기가 아닌 진짜배기 상급자였으니까.

박희재가 콜라 캔을 내려놓으며 말했다.

"그건 그렇고…… 대한이 너, 아까는 왜 그랬냐?"

"어떤 것 말씀이십니까?"

"부관 자리 거절한 거."

"아…… 부관 자리가 저한테 별로 도움이 안 될 것 같아서 그랬습니다."

그 말에 박희재가 대번에 인상을 쓰며 대한을 나무라기 시작했다.

"야, 이놈아! 잘 모르면 그냥 알겠다고 하지 그런 자리를 걷어차는 놈이 세상에 어디 있냐? 너 장기 한다며?"

"예, 그렇습니다."

"아니, 다른 생각이 있으면 몰라. 아직 보직 생각도 안 해 봤을 거 아냐? 근데도 그런 자릴 거절해? 너 바보냐?"

아끼는 후배가 꽃길 놔두고 자갈길로 가려는 게 영 마음에 안 든 모양이었다.

이해는 됐다.

그는 대한을 진심으로 아꼈으니까.

하지만 꽃길인 줄 알았던 그 길이 가시 돋힌 장미꽃 길이라면?

겉으로 보기에만 좋은 길이지 사실 그런 길이 더 힘들었다. 그리고…….

'보직이야 이미 생각해 놨지.'

이번이 군 생활 처음도 아니고 자신이 갈 길은 진즉에 봐두었다.

대한이 웃으며 말했다.

"보직은 이미 생각해 둔 게 있습니다."

"뭐? 있다고? 어딘데? 그게 장군 부관 자리보다 더 좋아?"

"예, 저는 이미 계획을 다 짜 놔서 부관 자리는 저에게 맞지 않는다고 생각했습니다. 저는 부관보다는 야전에서 인사통으로 한번 커 보려고 합니다."

인사.

그게 대한이 정한 보직이었다.

"인사통?"

"예, 그렇습니다."

박희재는 인사통이라는 말에 눈이 커졌다.

그도 그럴 게 대한 같은 초급 간부의 입에서 나올 소리는 아니었으니까.

여기서 말하는 통은, 쉽게 말해 제일 잘나가는 사람 학교 싸움의 짱, 통, 대가리 같은 느낌이라고 생각하면 편하다.

다시 말해 다른 보직 말고 오직 인사 쪽만 파겠다는 의미.

왜냐하면 군에선 여러 보직을 애매하게 다 할 줄 아는 사람보단 한 분야의 전문가를 원했으니까.

'인사, 정보, 작전, 군수⋯⋯ 올라운더도 좋지만 각 분야 자리의 숫자는 정해져 있으니 차라리 한 우물만 파는 게 나아.'

물론 할 수만 있다면 말이다.

'전에는 그러질 못했지. 맡아 달라고 하는 자리는 뭐든 상관 없이 앉아 있었으니까.'

모시는 지휘관에게 잘 보일 생각만 했지, 보직을 잘 풀기 위한 노력이 부족했다.

하지만 실수는 한 번이면 족했다.

박희재는 복잡한 표정으로 대한을 쳐다보며 말했다.

"인사통, 너 그게 무슨 말인지는 알고나 하는 소리냐?"

"예, 인사 쪽에서 가장 일 잘하는 사람을 뜻하는 말 아닙니까."

"그래, 뜻은 그게 맞는데…… 아니 왜 하필 인사야? 작전도 아니고?"

박희재는 말을 하면서도 어이가 없었는지 언성이 조금 높아졌다.

대한은 박희재의 그런 반응이 이해가 됐다.

인사 분야는 자리가 가장 적은 곳이긴 했으니까.

반면 작전 분야는 자리가 수두룩한 편.

'작전이야말로 군대의 꽃이니까.'

군대에서 가장 중요하게 생각하는 곳이니 자리가 많을 수밖에.

하지만 그만큼 경쟁도 치열했다.

야전 사령관을 꿈꾸는 육사부터 별을 달아 보겠다는 비육사 출신들 모두 작전 분야의 통이 되기 위해 달려들었다.

대한도 다음 보직을 어떻게 풀어 나갈지 고민을 해 봤고 비슷한 전략으로 정보장교부터 시작할까 싶었지만…….

'송충이는 솔잎을 먹어야지.'

뭐든 하던 게 제일 익숙하고 편하다.

그만큼 잘하기도 했고.

그런 의미에서 인사 분야라면 어떤 출신이 와도 현재 1등을 할 자신이 있었다.

그리고 또 하나.

이게 가장 중요했는데 인사 쪽 일이 대한에게 잘 맞았다.

'인사 쪽 보직을 맡았을 때 가장 즐거운 기억이 많았으니까.'

잠시 기억을 회상한 대한은 박희재에게 웃으며 설명했다.

"제가 제일 자신 있을 것 같은 곳이 인사 쪽이라 그리 판단했습니다. 작전도 자신 없는 건 아니지만 이왕이면 확실하게 1등 할 수 있는 곳으로 가서 1차로 진급하려고 합니다."

"그게 말처럼 쉬운……."

박희재는 대한의 말을 반대하려다 이내 관두었다. 이제껏 대한이 보여 준 것들이 머릿속을 스쳐 지나가서였다.

"그래…… 어쩌면 넌 정말로 인사통으로 불릴 수도 있겠어."

오히려 작전에서 빌빌거릴 바에 인사 분야에 없어서는 안 될 인물이 되는 게 좋았다.

틈새라면 틈새지만 대한이니까 가능한 것.

박희재가 허탈하게 웃으며 말을 이었다.

"허, 참…… 확실히 네 계획대로라면 부관은 안 가는 게 낫긴 하겠다만은. 이거 원, 참모장님한테 부관 자리 다시 받아 오라고 하려 했는데 알아서 잘 준비하고 있었네."

"아닙니다. 아직 많이 부족합니다."

"부족은 무슨…… 넌 부족의 뜻을 모르냐?"

대한이 능글맞게 답하자 박희재가 징그럽다는 듯 대한을 쳐다봤다.

"다음 인사과장 네가 해."

"최선을 다하겠습니다!"

"적당히 해, 적당히. 따라가기 벅차다."

"적당히 잘하겠습니다!"

"오냐, 그래."

빈말이 아닐 것이다.

그는 대한을 좋아했으니까.

덕분에 대한은 중위 진급 발표도 전에 다음 보직을 확정지을 수 있었다.

✷

대한은 박희재와의 면담을 끝내자마자 다시 지휘통제실로 향했다.

참모장 때문에 잠시 미뤄 두었던 회의가 다시 진행될 예정이었기 때문이다.

때마침 지원중대 간부들도 작업을 마치고 복귀했다.

일과가 끝날 때까지 작업이 마무리 될까 걱정했었는데 생각보다 현장이 수월했던 모양.

이윽고 박희재가 지휘통제실로 들어왔고 다시 회의가 진행됐다.

“바쁠 텐데 자꾸 불러서 미안하다. 빨리 끝내고 일과 다시 복귀하자.”

“예! 알겠습니다!”

“아까 어디까지 했지?”

박희재의 물음에 이영훈이 수첩을 펼치며 말했다.

“제가 사격장 관련 보고를 마치고 다음 보고를 할 차례였습니다.”

“그래, 계속해 봐.”

“예, 계속 보고드리겠습니다. 사격장 확인 이후 울타리 순찰간 발견한 구덩이를 모두 메꾸었습니다.”

“비가 많이 와서 걱정했는데 생각보다 괜찮았나 보네.”

“아닙니다. 특이사항이 하나 있었는데 기상 상황이 좋아지면 다시 조치를 취해야 할 것 같습니다. 사진 보여 드리겠습니다.”

이영훈은 휴대폰을 꺼내 찍었던 사진을 박희재에게 보였고 박희재는 그것을 보자마자 놀라며 물었다.

“아이고, 나무가 쓰러졌구만. 전기톱도 필요해 보이고…… 소요가 꽤 있겠는 걸? 바쁜데 큰일이네."

"그래도 다행인 건 급한 불은 끄고 왔습니다."

"급한 불을 끄다니? 어떻게?"

"다음 사진을 보시면……."

이영훈은 무수히 많은 철근들이 박혀 있는 나무 사진을 보여 주었고 천연 울타리가 된 나무를 보자마자 박희재의 얼굴이 밝아졌다.

"이야, 잘 조치해 놨네. 역시 센스가 있어."

"마침 철근이 좀 남아 있어서 다행이었습니다. 이 구역은 지원중대 구역으로 지원중대장한테 인계하겠습니다."

"그래, 꼼꼼하게 보고 왔구나. 지원중대는 1중대장한테 사진 확인하고 준비 잘해 놔. 근데 철근은 어디서 구한 거야? 부대에 남은 철근이 있나?"

왜 이 질문이 안 나오나 했다.

박희재의 물음에 이영훈이 대한을 쳐다봤고 대한이 대신 대답했다.

"류승진 원사가 지원 중대 창고 구석에 있던 철근들을 꺼내 주었습니다. 혹시 몰라 이럴 때를 대비해서 틈틈이 모아 두었다고 했습니다."

"류 원사가?"

박희재는 류승진을 쳐다봤고 그는 어색하게 웃어 보일 뿐 아무런 대답도 하지 않았다.

아니, 할 말이 없었다.

나중에 전역할 때 고물상에 팔려고 했다는 걸 실토할 순 없었으니까.

다행히 박희재는 별 의심 없이 부사관들을 칭찬했다.

“역시 부사관들이 없으면 부대가 제대로 안 굴러가는구먼, 허허.”

그래.

어디서 나왔는지 중요한 게 아니었다.

중요한 건 일을 잘 처리했다는 거지.

대한은 류승진을 향해 조용히 엄지를 치켜들었고 류승진도 조용히 고개를 끄덕였다.

이윽고 2중대의 보고 차례가 되었고 모든 보고가 끝나자 박희재가 간부들에게 말했다.

“훈련 때도 아닌데 모두들 고생이 많다. 하지만 이럴 때일수록 더 실전이라고 생각하고 최선을 다해 주기를 바란다. 다들 사고 없이 잘 마무리해 보자. 이상.”

박희재는 여진수가 경례하려는 걸 제지하며 얼른 일 마무리하고 퇴근할 것을 명령했다.

이윽고 간부들이 자리에서 일어나 중대로 복귀하는 그때, 여진수가 대한을 불렀다.

“대한아.”

“예, 과장님.”

"잠시만, 나 좀 보고 가라."

"예, 알겠습니다."

그럴 것 같아서 애초에 자리에서 일어나지도 않았다.

그나저나 왜 부른 거지?

궁금증은 금방 해결됐다.

"시청이랑 얘기해 봤는데 봉사 활동으로 인정해 준다더라."

"정말입니까?"

와, 이걸 진짜로 해내다니.

새삼스럽지만 여진수가 참 대단하게 느껴졌다.

그도 그럴 게 대민 지원으로 봉사활동 시간을 인정받게 되는 건 최소 십 년 뒤에나 가능한 일이었으니까.

"처음엔 못 해 준다고 어찌나 난리를 치던지. 근데 병사들이 대민지원이나 하려고 군대에 온 건 아니잖아? 그래서 나도 초강수를 뒀지."

"어떤 초강수 말씀이십니까?"

"계속 안 된다길래 그럼 다시는 전화하지 말라고 하고 끊었어. 그러니까 그제서야 꼬리를 내리더라고, 나쁜 놈들."

"와……."

어떻게든 해낼 거라고 생각은 했지만 이런 식으로 해냈을 줄이야.

아니, 어쩌면 오히려 이런 식이었으니 먹힌 거라고 생각했다.

여진수가 말을 이었다.

"대한아, 너도 네가 일하는 스타일이 있겠지만 이럴 땐 너도 부탁이 아니라 세게 나가야 한다. 우리가 국민의 군대는 맞지만 개개인으로 보면 다들 한 집안의 자랑스러운 아들들 아니냐. 그러니 간부인 네가 병사들 자존심 안 팔리게 잘해야 해."

여진수가 이런 생각을 하고 있었을 줄이야.

의외였다.

하지만 그래서 더 존경심이 들었다.

자신을 바라보는 눈빛이 바뀐 걸 본 여진수가 피식 웃으며 말했다.

"왜, 좀 멋있냐?"

"예, 군인 같으십니다."

"이 자식이 겸상 좀 해 줬더니 소령한테 군인 같다고?"

"하하, 참 군인 같다는 말이었습니다."

"새끼…… 아무튼 네 덕분에 병사들한테 좋은 거 해 줄 수 있게 되서 나도 기분이 좋다."

"감사합니다. 과장님. 근데 전화 끊으시고 한 번 만에 다시 전화 와서 해결된 거면 시청도 아주 유도리 없는 건 또 아닌 것 같습니다?"

"뭔 소리야? 누가 한 번 만에 됐다고 그래?"

"예?"

"전화 자주 왔어. 근데 본인들이 결정할 수 없다고 자꾸 미루길래 높은 사람 나올 때까지 계속 튕긴 거지."

"아?"

"결국 시장한테 전화 오더니 미안하다면서 그제서야 오케이 사인 받았다. 다행이지 뭐, 이번 거 대대장님한테 보고한 사항도 아니라 어차피 봉사 시간 안 해 줘도 월요일에 나갔어야 했는데 내 블러핑이 먹힌 거지."

이야…….

이 양반 이거 승부사 기질이 있었네?

"그래서, 대대장님께는 보고 드리셨습니까?"

"아니, 너랑 참모장님 보러 가셨어 가지고 아직 못 드렸는데? 이제 드려야지."

선 조치 후 보고 체계.

어떨 땐 이게 더 나을 때가 있는데 이번이 딱 그 짝인 듯했다.

대한이 웃으며 말했다.

"그럼 인사과장한테는 제가 말하고 오겠습니다."

"안 그래도 돼. 내가 이미 다 전파해 놨어. 지금쯤 시청에 보낼 양식 만드는 중일 거다. 그나저나 슬슬 올 때가 됐는데……."

"그럼 과장님 보고하고 나오시기 전까지 완성해서 가지고 오겠습니다."

"왜? 말만 했는데 일이 진행되어 있으니까 뻘쭘해?"

"하핫, 사실 좀 그렇습니다."

빈말이 아니라 정말로 마음이 좀 불편했다.

그도 그럴 게 어떻게 보면 소위가 소령한테 짬 시킨 것이나 다름없었으니까.

하지만 여진수는 그런 대한의 등을 툭 쳐 주며 말했다.

"원래 일은 똑똑한 사람들이 시키는 거잖아."

"저 안 똑똑한데……."

"얼레? 지금 감히 내 안목을 무시하는 거냐? 내가 본 놈들 중에 네가 제일 괜찮으니까 일이 잘 진행되는지 한번 지켜봐. 안 되는 거 있으면 그때 도와주고."

"제가 어떻게 과장님을 무시하겠습니까…… 일단 알겠습니다."

"그래, 얼른 가 봐. 난 대대장님께 보고하러 가야 되니까."

"예, 고생하십쇼! 충성!"

"오냐. 올라가라."

대한은 그길로 정작과를 나와 인사과로 향했다.

고종민은 대한이 들어온 것도 못 본 채 컴퓨터를 보며 집중하는 중이었다.

"선배님?"

"어, 왔어?"

"예, 과장님이 시청에 보낼 양식 만들라고 지시하셨다고 들었습니다."

"응, 거의 다 했어."

"벌써 말입니까?"

"그럼, 당연하지. 이게 뭐 별거라고."

역시 고종민.

누구와는 달리 일을 참 잘한다.

대한이 흐뭇하게 생각하며 속으로 고개를 끄덕였다.

'역시 사람은 굴려야 빨리 커.'

대한이 떠넘긴 일이 한두 개가 아니었는지라 성장 속도가 눈부셨다.

대한이 엄지를 치켜들며 말했다.

"역시 선배님, 엄청 깔끔합니다."

"그치?"

대한의 칭찬에 고종민도 뿌듯한 표정을 짓는다.

묘하게 관계가 역전된 듯 보였지만 멀리서 보면 희극이라고 아무도 그렇게 보지 않았다.

진실은 오직 대한만 알 뿐.

✱

인사과에서 나온 대한은 그대로 간부연구실로 향했다. 그리고 곧장 오정식에게 전화를 걸었다.

"바쁘냐?"

—장 마감해서 안 바쁘지. 그나저나 또 왜? 뭐 시키려고?

"뭐 시키려고 한 건 또 어떻게 알았대?"

–네가 나한테 전화할 때 뭐 안 시킨 적이 있나 한번 생각해 봐라.

"맞네. 한 번도 없었네."

–매정한 새끼…… 그래서 이번엔 뭐 시키려고?

대한은 오정식의 투정을 가뿐히 무시하며 말했다.

"별로 어려운 건 아니고 다음 주 월요일에 음식 배달 좀 해 줘라."

–뭐? 뭔 배달?

"다음 주에 우리 부대에서 대민지원 나가는데 병력들한테 먹을 거 좀 돌리려고."

오정식은 반사적으로 욕을 하려다 병사들 먹일 음식이란 말에 화를 눌렀다.

–병사들이면 인정이지. 우리 회사 이름으로 보낼 거지?

"역시, 척하면 척이구먼."

–알아서 보내면 되지? 주소랑 받을 시간, 인원만 좀 알려 줘.

"오케이, 맛있는 거로 부탁할게."

–김대한 소위는 주지 말라고 적어서 보낼 건데?

"미친 놈. 회사는 별일 없고?"

–어휴, 어쩐 일로 회사에 관심을 다 가지십니까? 별일 없습니다. 주식은 어제 수익율 100%를 돌파했습니다.

"와, 결국엔 넘어갔구나."

당연히 될 줄 알았지만 막상 실제로 이루어지니 실감이 나지 않았다.

대한의 반응에 오정식이 혀를 차며 말했다.

-쯧쯧, 어쩐지 어제 전화가 안 오더라니…… 회사에 관심 좀 가져라.

"뭐야, 어제 넘어간 거였어? 그런 일이 있으면 미리 좀 알려 줘."

-일과 중에는 연락하지 말라며? 아무튼 몹시 순항 중이니 걱정하지 말도록. 그래서 말인데, 나 어제부터 주식 정리 시작했다?

"얼마나?"

-우선은 10% 정도만 두 배 금액으로 먼저 털어 냈다.

"10%면 생각보다 적네?"

-물량 털기 시작하니까 매수세가 약해져서 그래. 그래서 말인데 너 이번 주말에 뭐 하냐?

"왜?"

-대구 좀 와라. 만날 사람이 있다.

"소개팅?"

-미쳤냐? 너 소개해 줄 사람 있으면 내가 만났지. 너도 아는 사람이야. 적어도 목소리는 구면일 걸?

목소리는 구면이라고?

대한은 기억을 더듬었고 이내 한 명을 떠올렸다.

"고아스 회장?"

—응, 직접 대구 내려온다더라. 우리가 산 주식들 때문에.

생각지도 못한 이름에 잠시 당황했으나 이내 그 이름이 반갑게 느껴졌다.

왠지 감이 왔기 때문이다.

"알겠다, 주말에 보자."

—오냐.

⁂

토요일 점심.

대한과 오정식은 깔끔하게 차려입은 후 동대구역 근처의 카페에서 고아스 회장, 지근식을 기다렸다.

대한이 오정식에게 물었다.

"장외거래 제안하러 오는 거겠지?"

"그것 말고는 올 이유가 없지. 나한테도 얼굴 보고 대화하자길래 얼굴 보고 싶으면 직접 내려오라고 했어."

"잘했네. 정신 딱 붙들고 있어야겠다."

"그렇지. 근데 뭐 금액 마음에 안 들면 안 팔면 되니까 딱히 걱정할 건 없을 것 같은데?"

"그것도 그러네. 근데 왜 이제 와서 갑자기 사려고 하는 거지? 곧 있음 떨어질 주식을?"

"사실 나도 그게 제일 이해가 안 가긴 해."

그게 가장 궁금했다.

지근식은 이미 대한이 경영권에 관심이 없다는 사실을 알 텐데.

심지어 주식을 원한다면 굳이 장외거래가 아니라 시장에 나오는 것만 주워도 되지 않나?

'오히려 더 싸게 매수할 수도 있을 텐데 뭐지?'

그때였다.

대한의 머릿속에 작은 단서 하나가 떠오른 건.

"야, 회사들 대출할 때 어떻게 하냐?"

"기본적으로 신용도 보겠지? 그리고 담보…… 아."

대한의 말에 오정식도 곧 고개를 끄덕였다.

"담보 대출 때문에 주가 떨어뜨리기 싫은가 보네."

나름의 결론을 도출해냈다.

두 사람의 생각은 지근식이 이번 기회에 사업을 더 확장하려는 것 같았다.

그도 그럴 게 회사가 벌어들인 돈으로 사업을 확장하는 회사는 거의 없었으니까.

'사업 확장은 은행이 해 주는 거지.'

물론 벌어들인 돈들로도 할 수는 있겠지.

하지만 그 돈을 벌어들이기까지 걸리는 시간을 무시할 순 없었다.

시장에 뒤처지지 않기 위해 매 순간 노력해야 하는 회사의 입장에서는 그 시간을 마냥 허비하며 기다릴 순 없는 노릇이었으니까.

그래서 대부분 대출을 이용해 사업을 확장한다.

그리고 대출의 방법 중 하나인 담보 대출은 회사의 가치를 담보로 대출을 실행하는 것.

지근식 입장에선 주가가 높아야 더 많은 금액을 대출받을 수 있을 테니 직접 장외거래를 제안하러 오는 것일 터.

대한이 씨익 웃으며 말했다.

"우리가 가진 주식이 시장에 나오면 원하는 만큼의 대출을 못 받는다는 거지?"

"이제 좀 말이 통한다?"

"괜히 대표하고 있겠냐. 이 정도는 기본이지."

"아, 예. 대표님이셨죠. 근데 넌 판다면 얼마에 팔 생각이냐?"

"매입 단가보다 80% 정도만 불러도 그냥 넘기려고."

"그래? 참고할 게. 근데 만약 저쪽에서 우리 어리다고 얕잡아 보면 그땐 어떻게 할까? 좀 골려 줘?"

"마음대로 해. 근데 일부러 감정 상할 필요 있나? 바로 못 박아 버리는 게 낫지."

그때, 카페 문이 열리며 두 명의 중년이 들어왔다.

처음 보는 사람들이지만 직감적으로 저 사람들일 것 같았다.
예상이 맞았다.
두 사람은 주위를 두리번거리며 전화를 걸었고 오정식이 먼저 자리에서 일어나 인사를 했다.
"지근식 회장님이시죠? 여깁니다."
오정식의 인사에 두 사람은 곧 맞은편에 자리를 잡았고 그 또한 명함을 건네며 말했다.
"처음 뵙겠습니다. 고아스 대표 지근식이라고 합니다."
"아, 예. 오정식입니다."
"김대한입니다."
오정식 또한 명함을 꺼내 지근식에게 건넸다.
대한은 명함을 만들지 않았기에 인사만 했다.
이럴 줄 알았음 명함 하나 정돈 미리 만들어 둘 걸 그랬나.
근데 뭐 지근식은 이미 자신이 군인인 걸 아는데 뭐.
아니나 다를까, 지근식이 먼저 아는 체를 해 왔다.
"부대가 근처에 있나 보네요?"
"아, 예. 요 근처에서 근무 중입니다."
"장교이신 것도 놀랐는데 투자까지 잘하시고…… 정말 대단하십니다."
"하하……."
뭐지?
눈치 주는 건가?

투자라고 못 박는 걸 보니 더 이상 이 자리에서 할 수 있는 말은 없을 것 같았다.

그도 그럴 게 군인 신분으로 회사 운영에 관여하는 순간 불법이 되니까.

대한은 오정식을 쳐다봤고 오정식은 걱정하지 말라며 고개를 끄덕였다.

오정식과 미리 이야기 나눈 게 다행이었다.

대한이 오정식을 가리키며 말했다.

"대화는 이 친구랑 하시면 될 것 같습니다."

"하하, 예. 그럼 저희 마실 것 하나만 시키고 오겠습니다."

"멀리서 오셨는데 저희가 대접하겠습니다. 뭐 드시겠습니까? 제가 다녀오겠습니다."

"감사합니다, 그럼 아이스 아메리카노 부탁드리겠습니다. 넌?"

"저도 같은 걸로 부탁드리겠습니다."

같이 온 사람은 비서였다.

이윽고 커피 두 잔을 받아 온 대한이 다시 자리에 앉았고 대화가 시작됐다.

먼저 입을 연 건 지근식 쪽이었다.

"그나저나 대구는 참 덥네요."

그 말을 시작으로 지근식은 한동안 대구에 대해 말하기 시작했다.

본인 젊을 때 대구에서 재밌게 놀고 갔다는 둥, 좋은 거래처 사장님 고향이라는 둥.

오정식은 그의 말에 장단을 맞춰 주며 대화를 이어 나갔고 얼마 뒤 비로소 지근식의 입에서 본론이 나왔다.

"혹시 제가 오늘 대구에 온 이유에 대해 알고 계십니까?"

"말씀 안 주셨는데 저희야 모르죠. 그냥 새로운 대주주 얼굴 보러 오신 거 아닙니까?"

그 말에 지근식이 웃었다.

"주주총회 때 어차피 볼 얼굴, 굳이 내려올 필요 있겠습니까? 서로 바쁠 텐데 말이죠."

"아, 그것도 그러네요."

"바쁘시긴 한가 보네요…… 그나저나 가지고 계신 지분은 정리 좀 하셨습니까? 이제 상한가도 끝물인데."

그 말에 오정식이 짐짓 한숨을 내쉬며 말했다.

"그러니까요. 좋은 날 다 갔습니다."

정리했냐는 말에는 아무런 대답도 하지 않았다.

어차피 그들은 지금 알 방법이 없었다.

공시는 다음 주나 되어야 나올 테니까.

오정식은 그들에게 굳이 정보를 줄 생각이 없었고 지근식이 고개를 갸웃거렸다.

"아직 안 파셨습니까? 아직 젊으셔서 잘 모르시나 본데 본디 주식이라는 건 어깨에서 파셔야 합니다. 이럴 줄 알았으면 진작에 팔라고 말씀드리는 건데…….”

주식하는 사람 중에 무릎에 사서 어깨에 팔라는 말을 모르는 사람이 있을까?

이건 그냥 대한과 오정식을 무시하는 말이었다.

그러나 오정식은 여전히 미소를 유지하며 말했다.

“그러니까요. 첫 투자라서 아무래도 욕심이 좀 과했나 봅니다.”

“그럴 수 있죠. 젊은데 실수하면서 배우면 되는 거 아니겠습니까.”

“실수는 연습할 때 해야죠. 실전에서 실수는 치명적이지 않겠습니까.”

“그것도 그렇죠. 흠…… 그래도 뭔가 우리 아들 보는 것 같아서 마음이 좀 안 좋네요. 에이! 기분이다, 이왕 이렇게 된 거 제가 DH투자가 가진 주식 전부 다 사 드리겠습니다.”

“회, 회장님! 갑자기 이러시면 안 됩니다!”

놀란 얼굴로 회장을 뜯어말리는 비서.

근데 연기가 좀 어색하네.

설마 저걸 전략이라고 짜온 건가?

그러나 대한은 이 대화에 낄 수가 없었고 조용히 관망했다.

그때, 오정식이 짐짓 놀란 표정으로 말했다.

“그게 정말이십니까, 회장님?”

“그럼요. 남자가 어디 한 입으로 두말하겠습니까?”

"그럼 얼마에 사 주시겠습니까?"

"DH가 매입한 평균 단가의 60%를 더 드리겠습니다."

"60%요?"

"금액이 적은 것 같으시겠지만 팔아보면 딱 그 정도 남으실 겁니다. 아니, 그것보다 더 적게 회수하실 수도 있죠. 설령 더 많이 회수한다고 해도 그 과정에서 DH가 고생 꽤나 하실 거 생각하면 60%가 딱 알맞을 겁니다."

역시.

연기는 좀 어색해도 치밀한 계산이 녹아 있었다.

오정식이 예상하길 본인이 최대로 판다면 70% 정도를 예상한다고 했으니까.

'예상치와 10% 정도 차이가 나긴 하지만 저 정도면 양심적이긴 해.'

하지만…….

'그건 당신네 사정을 몰랐을 때 이야기고.'

개인이면 몰라도 회사가 손해 보는 짓을 할 리가 없었다.

그런 의미에서 고아스는 60%가 아니라 70%에 사도 절대 손해가 아니었다.

그것보다 훨씬 더 많은 대출을 당겨 올 수 있었으니까.

지근식의 말에 오정식이 짐짓 고민하는 기색을 보이자 지근식이 눈치껏 자리를 비켜 주었다.

"한번 생각해 보십쇼. 저희가 자리 피해 드리겠습니다."

지근식은 비서를 데리고 밖으로 나갔다.

대한과 오정식이 편하게 이야기하라고 배려를 해 준 것.

두 사람이 카페를 나가자마자 대한이 오정식에게 말했다.

"너 연기 좀 한다?"

"괜찮았냐?"

"소질 있더라, 근데 60%는 너무 양심 없는 거 아니냐?"

"사정을 몰랐으면 적당한 금액이긴 한데…… 근데 너무 싸가지가 없네. 대주주 보러 와서 어깨가 어쩌니 아들 같다느니. 왜 저러는 거지?"

"우리가 어리다고 건방 떠는 거지 뭐. 그래서…… 혼내 줘야겠지?"

"혼내 줘야지."

"좋아, 그럼 90%."

"괜찮네. 들어오면 바로 갈긴다?"

"오케이."

이윽고 두 사람이 돌아왔고 오정식과 대한의 눈에 이채가 돌기 시작했다.

적당히 시간을 때우다 돌아온 지근식과 비서가 미소를 지으며 자리에 앉았다.

"자…… 그럼 이제 서류 작성하실까요?"

"서류요? 무슨 서류요?"

"이야기 다 된 것 아닙니까?"

“그러니까 뭘요?”

지근식은 오정식을 어이없다는 듯이 바라봤다.

“장외거래 안 하실 겁니까?”

“안 할 건데요?”

“……예?”

오정식의 말에 지근식과 비서가 당황하기 시작했다.

그때 대한이 하품과 기지개를 동시에 하며 말했다.

“상황 보니 얼추 끝난 것 같은데 더 할 말씀 없으시죠? 저흰 먼저 일어나 보겠습니다. 아직 식전이라…… 정식아, 가자.”

“예, 대표님.”

두 사람은 정말 조금도 미련 없는 표정으로 자리를 떴고 지근식과 비서는 그 모습을 멍하니 지켜볼 수밖에 없었다.

그러다 먼저 정신 차린 비서가 다급히 지근식에게 말했다.

“회, 회장님! 저렇게 그냥 보내면 안 됩니다! 저렇게 그냥 보내시면 저희 계획 전부 다 다시 짜야 합니다!”

고아스가 장외거래를 하러 온 이유는 대한과 오정식의 예상이 맞았다.

지근식은 사업 확장을 위해 대출이 필요했고 주가가 올라간 김에 크게 대출받아 확장하려고 한 것.

좀처럼 주가 변동이 없는 자신의 회사이기에 어쩌면 이번이 처음이자 마지막 기회일 수도 생각했으니까.

근데 그 기회를 이렇게 날리게 된다고?

비서의 말에 바로 정신을 차린 지근식이 두 사람의 뒤통수에 대고 외쳤다.

"자, 잠깐만요!"

지근식의 다급한 목소리에 대한과 오정식은 서로 시선을 한 번 교환한 뒤 입꼬리를 올렸다. 그런 다음 무슨 일이냐는 표정으로 뒤돌아 물었다.

"왜 그러십니까?"

"시, 십 프로! 십 프로 더 얹어 드리겠습니다!"

10%?

어이가 없네.

대한이 고개를 내저으며 다시 몸을 돌리자 지근식은 그제서야 자신들이 완전히 놀아났다는 걸 깨닫고 금액을 올리기 시작했다.

"80%! 아니, 90%! 90% 쳐드리겠습니다!"

90%.

그 간절한 외침에 대한은 그제서야 발걸음을 멈추고 다시 몸을 돌려 자리에 앉았다.

"이제야 대화가 좀 통하시네."

대한의 말에 지근식의 얼굴이 벌게진다.

곰인 줄 알았더니 여우였다.

그것도 능구렁이 100마리는 삼킨 여우.

그런 사람을 상대로 어깨니 무릎이니 떠들어 댔으니 당연히 부끄러울 수밖에.

지근식이 허탈한 목소리로 물었다.

"대표님, 90%면 거래하시겠습니까?"

"전 잘 모릅니다. 이 친구랑 이야기 하시죠."

"어차피 결정은 대표님이 하고 계신 것 아닙니까?"

"에이, 아닙니다. 전 돈만 주는 사람입니다."

"신분 때문에 그러시는 거면 걱정 안 하셔도 됩니다. 어차피 서명은 친구분이랑 하는 것이기 때문에 대표님이 회사 일에 관여했다는 걸 증명할 길도 없습니다."

그래?

그렇게까지 말한다면야 뭐…….

대한은 그제서야 자세를 고쳐 앉으며 말했다.

"좋습니다. 그럼 지금부턴 저랑 이야기하시죠."

"……진작 이럴 걸 그랬습니다. 아까 전에는 죄송했습니다."

"아시면 됐습니다. 그럼 거두절미하고 본론만 이야기하겠습니다. 57억, 한 번에 지불 가능하십니까?"

금액이 금액인지라 저 큰 금액을 일시불로 지급할 수는 없었다.

회사의 크기를 떠나 저 정도 현금을 그냥 들고 있는 건 기업인으로써 바보 같은 짓이었으니까.

아니나 다를까, 대한의 물음에 지근식이 머뭇거리며 답했다.

"……일시불로는 어렵습니다. 분할로 지급해 드리겠습니다."

"투자회사한테 분할로 지급하신다니 너무하신 것 아닙니까? 그럼 저희는 그때 동안 뭐 먹고 삽니까?"

당장 제주도에 땅도 보러 가야 하는데 돈 나올 때까지 멍하니 기다리고 있을 수도 없는 노릇.

당황한 지근식이 말을 더듬기 시작했다.

"그, 그게……."

"그러지 말고 시원하게 오픈하시죠. 고려나 한번 해 보겠습니다. 현금 얼마나 들고 계십니까?"

"……40억 정도 있습니다."

"40억이라…… 응? 근데 40억이면 만약 가격을 60%로 산정했어도 일시불 지급은 안 됐네요?"

"그, 그게 그것도 분할 지급해 드리려고……."

와.

그렇게 안 봤는데 너무 양아치 아냐?

가격 후려치기도 모자라서 그마저도 분할 지급하려고 했다니…….

얼마나 얕본 거야?

지근식의 대답에 대한이 눈살을 찌푸리자 지근식이 고개를 떨구었다.

얼마간 침묵 끝에 대한이 말했다.

"이렇게 하시죠. 일단 40억 바로 쏘시고 10억은 한 달의 시간을 드리겠습니다."

"예? 그럼 50억으로 깎아 주시는 겁니까?"

뭐라는 거야?

이 영감이 노망났나…….

대한이 말했다.

"무슨 말도 안 되는 말씀을. 한국말은 끝까지 들어 보셔야죠. 나머지 금액은 현물로 받겠습니다."

"현물요?"

"예, 고아스 쿠폰 하나 만들어 주십쇼."

"쿠폰이요?"

"고아스가 사무용 가구 제작 회사시잖아요? 그쪽 회사 제품으로 나머지 대금을 받겠습니다."

대한의 말에 지근식의 표정이 확 밝아졌다.

당장 돈이 빠져나가지 않는 거라면 뭐든 오케이였으니까.

하지만 대한은 그리 쉬운 사람이 아니었다.

"당연히 소매가가 아닌 원가로 지급해 주셔야겠죠? 물론 판매가가 아닌 원가로 지급하는 것으로 하고 쿠폰 금액은 10억. 현금이 아닌 현물로 받는 거니 이 정도 살은 붙여도 된다고 생각합니다. 어떻게 생각하십니까?"

밝아졌던 지근식의 표정이 다시 어두워졌다.

현금이 아닌 회사 제품으로 지급하는 것까진 좋았으나 그게 하필이면 원가 제공에다 심지어 3억의 피가 더 붙게 되었기 때문이다.

지근식이 떨리는 눈동자로 비서와 눈빛을 교환한다.

흠.

이걸 고민하네?

어이가 없었다.

이 제안 아니면 더 뾰족한 수도 없을 거면서.

얼마간의 침묵 끝에 비서가 먼저 말했다.

“죄송한데 잠시만 자리 좀…….”

“아, 예. 비켜 드려야죠. 정식아, 잠깐 나갔다 오자.”

대한은 오정식을 데리고 담배 한 대 피우러 나갔다.

그래.

아무리 배짱 장사해도 이 정도 여유는 줄 수 있으니까.

두 사람이 나간 직후였다.

“회장님, 그냥 받아들이시죠. 현재 이것보다 더 좋은 거래 조건은 없어 보입니다.”

“아무리 그래도 10억이야. 소매가도 아니고 원가로 10억이라고!”

“끽해야 회사 가구나 바꾸지 않겠습니까? 원가로 10억이면 평생 가도 다 못 바꿉니다. 설마 저희한테 원가로 받아서 대리점 차리진 않을 테니까요.”

“……그런가?”

“예, 어쩌면 57억이 아니라 53억 정도에 구매하게 되는 걸 수도 있습니다.”

흠.

확실히 일리가 있었다.

개인이 아무리 가구를 소비한다고 해도 한계가 있었으니까.

심지어 고아스는 가정용이 아닌 사무용 가구 전문.

"좋아, 그렇게 하지."

이윽고 지근식의 허락이 떨어지자 비서가 두 사람을 데리러 왔고 다시 테이블에 앉자 지근식이 말했다.

"좋습니다. 바로 서류 쓰시죠."

"오래 걸릴 줄 알았는데 금방 결정하셨네요?"

"충분히 괜찮은 조건인 것 같습니다."

"혹시나 해서 다시 한번 말씀드립니다만 판매가가 아닌 원가입니다. 나중에 서류 다 확인해 볼 거예요?"

"예, 예. 알겠습니다. 계약서에 명시하겠습니다."

비서가 뭐라고 구워삶았길래 표정이 저리 밝을까?

'설마 내가 가구 전부 못 쓸 거라고 생각한 건가?'

그렇게 생각하면 좀 귀여운데.

내 직업을 모르나?

아니, 잘 알았다.

하지만 고려하지 않았다.

이유는 2가지.

비서는 대한이 군에 무상으로 가구를 기부할 거라고는 전혀 생각하지 않았고 또 대한이 말뚝 박을 거란 걸 전혀 몰랐다.

그렇기에 지근식을 설득할 수 있었던 것.

이윽고 계약이 마무리되었고 대한이 환한 미소와 함께 손을 내밀었다.

"주말에 먼 길 와 주셔서 감사합니다. 덕분에 주식 정리 잘했네요."

"예, 시간 내주셔서 감사합니다."

"조심히 올라가시고 조만간 연락드리겠습니다."

"조만간요?"

"예, 쿠폰 생겼는데 바로 써야죠."

"아…… 네, 알겠습니다."

잠시 지근식의 미간이 좁아져 보인 건 기분 탓이겠지?

대한이 말했다.

"아, 그리고 금액 차감할 땐 확실하게 부탁드리겠습니다. 괜히 얼굴 붉히는 일 만들고 싶지 않네요. 저희 쪽에서도 꼼꼼하게 확인할 테니 모쪼록 부탁드리겠습니다."

"예, 알겠습니다."

지근식은 대한에게 제대로 질려 버렸다. 그리고 동시에 대한이란 사람에게 관심이 생겼다.

이 청년이 군대에서 나오면 무얼 할 생각인지.

'강단도 있고 확실히 요구할 줄도 안다. 이런 사람이 대표라면 작은 회사지만 얼마나 커질지 몰라.'

그렇기에 조심스레 물었다.

"대표님, 개인적인 질문 하나만 해도 되겠습니까?"

"그럼요. 너무 사적인 것만 아니면 괜찮습니다."

"혹시 전역하시고 계획이 어떻게 되는지 여쭤봐도 되겠습니까? 오늘 대화를 나눠 보니 보통 분이 아니라 앞으로의 행보가 궁금해져서 말입니다."

그의 회사에도 장교 출신들이 많았다.

하지만 모두 국방의 의무만 지고 나온 인물들.

그렇기에 물어본 것이었다.

그 물음에 대한이 고개를 모로 기울이며 대답했다.

"저 전역 안 할 건데요?"

"네?"

"진급 될 때까진 계속 군인 할 겁니다. 사업 계획이 궁금하신 거라면 이 친구한테 물어보세요."

대한의 말에 지근식이 황당하다는 듯 되물었다.

"아니, 이런 투자회사를 놔두고 말뚝을 박으신다구요? 당장 오늘 거래한 것만 해도 평생 군인 하셔도 못 버실 돈인데?"

"돈은 그냥 돈일뿐이죠. 전 군복이 편합니다."

"허…… 혹시 집안이 군인 집안이십니까?"

"아닙니다. 집이 여유로운 것도 아니고 군복은 그냥 좋아서 입는 겁니다."

대한의 대답에 지근식은 할 말을 잃었다.

'미친놈 아냐 이거?'

초롱초롱한 대한의 눈.

맑은 눈의 광인이 있다면 저런 느낌일까?

지근식은 이번 일이 끝나고 나면 DH투자와는 두 번 다시 엮이지 말아야겠다는 생각이 들었다.

✻

다음 주 월요일.

주말 동안 간헐적으로 오던 비도 완전히 그쳤다.

하지만 출근하는 발걸음이 그리 즐겁지만은 않았다.

대민지원을 가야 했기 때문이다.

'우의 안 쓰고 작업하는 것에 만족하자.'

박희재의 지시에 따라 일찍 출근한 대한이었지만 연병장에는 그보다 더 일찍 출근한 사람들이 있었다.

바로 지원중대 간부들.

전 병력이 출동해야 했기에 차량이 많이 필요했고 그래서 일찍 나와 미리 준비해 둔 것이다.

대한은 자연스럽게 막사로 향하던 발걸음을 옮겨 연병장 구석에서 흡연하고 있는 류승진에게 다가갔다.

"좋은 아침입니다. 류 원사님."

"어, 충성. 편히 쉬셨습니까."

"충성, 주말 동안 잘 쉬셨습니까?"

대한의 서글서글한 웃음에 류승진이 슬쩍 다가와 조용히 말했다.
"덕분에 잘 마셨습니다."
"아, 벌써 술자리 하셨습니까?"
"허허, 그렇게 좋은 술이 있는데 어떻게 가만히 내버려 둘 수가 있겠습니까. 그날 바로 해치워 버렸죠."
"그 많은 걸 혼자 다 드셨습니까?"
"에이, 중대 간부들이랑 회식하면서 먹었습니다. 보급관님이 잘 먹었다고 전해 달랍니다."
류승진은 양심이 있었다.
그도 그럴 게 사실 철근은 지원중대 행보관이랑 같이 숨긴 것이었으니까.
대한이 피식 웃으며 말했다.
"다음에 또 좋은 기회가 생기면 몇 병 더 갖다 드리겠습니다. 그보다 저희 중대가 탈 차량은 뭡니까?"
이런 건 여유 있을 때 물어봐야 했다.
출발하기 전에 급하게 찾는 것 보단 미리 위치랑 번호라도 알고 있는 게 움직이기 훨씬 편했으니까.
"맨 우측에 있는 마이티이긴 한데……."
설명을 잇던 류승진이 별안간 피식 웃으며 말했다.
"새삼스럽지만 소대장님은 참 군 생활 잘하시는 것 같습니다."

갑자기?

류승진의 칭찬에 대한이 고개를 갸웃거렸다.

"예? 저 말씀이심까?"

"예, 이런 건 보통 중대장님들이 물어보는데 소대장님이 물어본 건 이번이 처음이라서 한 말입니다."

하긴 그것도 그렇지.

보통 소대장들은 이런 거 잘 안 물어보니까.

이 모든 건 대한이 군 생활 2회차였기에 가능한 준비.

대한이 겸손을 취했다.

"하하, 감사합니다. 저도 중대장님께 배운 대로 한 것뿐이라……."

"흠, 그런가? 하긴 1중대장님도 군 생활 열심히 하시니까 그럴 수도 있겠습니다. 상급자 잘 만나셨네."

그것보단 이영훈이 하급자를 잘 만난 게 아닐까? 대한은 류승진의 말에 대답 대신 미소를 보였다.

그때, 누군가 류승진을 불렀다.

"장비 소대장님! 수송부에 소대장님 차량도 가지고 옵니까?"

"어, 밥 먹고 천천히 가져와라."

"예! 알겠습니다!"

지원중대 병사 하나가 류승진에게 대답한 뒤 식당으로 향했다. 대한이 물었다.

"이번에 류 원사님 개인 차량도 같이 나갑니까?"

"아, 예. 전 일 안 할 거라서 제 차로 지원이나 할 예정입니다."

그래.

어느 부대 원사가 직접 대민지원을 하고 있겠나.

하필이면 직책이 소대장이었기에 출동하는 것일 뿐.

이렇게 보면 류승진도 별로 운 좋은 편은 아니었다.

원사씩이나 되서 소대장을 하고 있었으니까.

'뭐 본인 선택이라고 하니까 할 말은 없긴 한데, 그래도 이렇게 직접 나가야 하는 걸 보면 별로인 거 같단 말이지.'

행정보급관이나 주임원사를 하게 되면 소대장보다 컴퓨터 앞에 앉아 있을 시간이 많다.

그만큼 몸은 편하지만 정신은 힘든 곳.

그런 의미에서 류승진은 행정 일이 싫어 현장에서 구르는 사람이었다.

대한이 웃으며 물었다.

"그나저나 수송부로 바로 출근하신 겁니까?"

"예, 이야기 들어 보니까 거의 비포장도로 달릴 것 같아서 점검도 할 겸 수송부로 차 가져다 놨습니다."

"차량에 뭐 문제 있습니까?"

"그건 아닌데 연식이 좀 있어서 예방정비 한번 했습니다."

역시 무사고 부대는 쉽게 이루어지는 것이 아니었다.

그나저나 사제 차인데 예방 정비라…… 대한이 류승진의 말에 관심을 보이며 물었다.

"군대 차도 아니고 요즘 나오는 사제 차인데 그렇게까지 하시다니…… 한 20년 타시겠습니다?"

"이미 20년 다 돼 갑니다."

"……예?"

류승진의 무덤덤한 대답에 대한의 눈이 휘둥그레 커졌다.

"진심이십니까?"

"예, 진심입니다."

"혹시 키로 수가 얼마나 됩니까?"

"한 40만 되나?"

"와……."

뭐야, 택시야?

아니, 택시도 저 정도는 안 타겠다.

저건 거의 미국 화물트럭 수준이었다.

대체 얼마나 관리를 잘하면 저렇게 오래 탈 수 있는 건지.

대한의 감탄에 조금 민망해졌는지 류승진이 겸손을 취했다.

"흠흠, 어차피 제 차도 조만간입니다. 부품이 없어서 관리하고 싶어도 할 수가 없습니다."

"아, 그럴 수도 있겠구나. 근데 그 정도면 그냥 바꾸시는 게 낫지 않습니까?"

"것도 그렇긴 한데 고장이 잘 안 나니까 항상 까먹는 것 같습니다."

"혹시 다음 차 생각해 두신 거 있으십니까?"

"뭐, 신차 살 생각은 없고 중고로다가 큰 거 하나 뽑을까 생각 중이긴 한데……."

그때였다.

대한의 머릿속에 좋은 생각이 떠오른 건.

"류 원사님 사러 가시면 말씀해 주십쇼. 저도 그때 따라가고 싶습니다."

"소대장님이 거길 왜 따라오십니까?"

"아, 저도 중고차 하나 뽑으려고 합니다. 이번에 대대장님이 허락해 주셔서 말입니다."

"오?"

류승진은 대한의 말이 끝나기 무섭게 눈을 빛내기 시작했다.

'역시 이렇게 반응할 줄 알았다.'

박희재의 차량 구매 허락이 떨어지자마자 바로 떠오른 사람이 류승진이었다.

그가 차를 봐준다면 최소 고장 쪽으로 눈탱이는 맞지 않을 테니까.

문제는 류승진이 흔쾌히 따라올지가 미지수라는 것.

그는 오정식처럼 막 부려 먹을 수 있는 잡부가 아닌 무려 원사급의 고급 인력이었으니까.

'어느 원사가 소대장 나부랭이 차 사는데 따라와 줄까?'

그래서 우선은 친해질 필요가 있었다.

그런 의미에서 대대장의 허락은 그에게 있어 꽤나 흥미로운 주제였다.

“대대장님이 그런 말씀 잘 안 하시는데 소대장님을 엄청 아끼긴 하시나 봅니다.”

“하핫, 예쁘게 봐주시니 그저 감사할 따름입니다. 그래서 말인데, 나중에 혹시라도 시간 나실 때 같이 가 주시면 제가 식사라도 대접하겠습니다. 아님 요거라도?”

대한이 검지와 엄지를 말아 술 마시는 시늉을 해 보이자 대번에 얼굴이 싱글벙글 바뀌었다.

“에이, 소대장님 월급을 뻔히 아는데 무슨…… 괜찮습니다. 제 차도 볼 겸 같이 가시죠. 말 나온 김에 이번 주 주말 괜찮습니까?”

괜찮기는…… 술 좋아하는 거 온 세상 사람이 다 아는데.

하지만 긍정적인 반응을 보인다는 게 중요하지.

대한도 덩달아 웃으며 말했다.

“예, 전 언제든지 좋습니다.”

“오랜만에 차 구경 가겠구먼. 다른 소대장들도 같이 가도 되죠?”

여기서 말한 소대장들은 지원중대 소대장들일 터.

당연히 환영이었다.

‘알아서 드림팀을 꾸려 주시네.’

수송부 괴물들과 함께하는 중고차 매매 단지 투어.

생각만 해도 짜릿했다.

"저야 당연히 영광이죠. 그럼 일단 대민지원 다녀와서 마저 이야기하십니까?"

"예, 일단 일부터 합시다."

"먼저 올라가 보겠습니다."

"고생하십쇼."

뜻하지 않게 숙제 하나를 해치워 버린 대한은 기분 좋게 막사로 올라가 대민지원 준비를 시작할 수 있었다.

✱

대한이 선탑자로 탄 마이티가 영천의 한 마을로 이동한다.

뒤에는 소대원들과 중대본부 소속 운전병들이 타고 있었다.

부대 전 병력이 투입돼야 할 만큼 큰 농가는 없었기에 모두 나눠서 출동했고 출동한 현장에서는 소대장들이 현장 지휘를 맡아야 했다.

'전생에서는 그렇게 긴장했었는데…….'

항상 지휘관을 따라 무얼 하다 보니 이렇게 혼자 던져지면 긴장하기 마련이었다.

처음이었으니까.

그런 의미에서 지금은 긴장은커녕 오히려 은퇴하고 추억 팔이 하러 가는 기분이었다.

대한이 옆에 앉은 박태현에게 말했다.

“야, 태현아.”

“예, 소댐.”

“상황 봐 가면서 네가 애들 끌고 다녀야 될 수도 있다.”

“잘못 들었슴다?”

“저 인원이 한 번에 투입될 필요 없으면 당연히 인원 나눠서 딴 데 일하러 가야지. 안 그래?”

“그렇긴 한데…… 다른 애 시키시면 안 됩니까? 저 말년입니다.”

“어쭈, 지금 나보다 빨리 나간다고 재는 거야?”

“아, 아니, 그런 말씀 아닌 거 아시잖습니까.”

“농담이야, 인마. 부탁 좀 하자. 대신 너 휴가자 교육받는 날에 당직 바꿔서 머리 안 걸리게 해 줄게.”

그 말에 박태현의 눈이 번쩍였다.

“정말이십니까?”

“그래, 인마.”

적절한 보상이었다.

물론 계급으로 찍어 누를 수도 있었지만 대민지원처럼 온전히 믿고 맡겨야 하는 상황에서 권위로 누르는 건 별로 좋은 선택이 아니었다.

오히려 반발심만 생길뿐이었으니까.

그렇다고 자신이 줄 수 있는 것들 중에선 중대장에게 건의해 포상 외박 정도가 최대인데 상대는 말년 병장.
전역이 얼마나 남았다고 포상 외박을 좋아할까?
그렇다고 휴가를 줄 수도 없는 노릇이고.
그래서 머리 검사로 딜을 봤다.
사람에 따라 외박을 더 좋아할 수도 있지만 박태현은 자신의 머리 길이를 무척이나 소중히 여겼으니까.
'군인 머리가 거기서 거기다만은…….'
그래도 뭐 어쩌랴.
자기가 좋다는데.
박태현이 눈을 반짝이며 말했다.
"오늘 부소대장 역할 완벽히 수행해 보겠습니다."
"좋은 마음가짐이다. 훌륭해."
"근데 이동하게 되면 저희 분대 애들이랑 본부 애들 몇 명 데리고 가면 되겠습니까?"
"글쎄, 일단 가 봐야 알 것 같은데. 정작과장님이 마을 이장님한테 작업 내용 듣고 일 도와드리고 오라고 하시더라고."
"쓰러진 벼 세우는 거 맞지 않습니까?"
"응, 다른 작업은 없을 거라고 하셨어."
"다른 작업은 아예 못 할 겁니다. 벼 세우는 것만 해도 엄청 힘듭니다."
"아, 넌 해 봤겠구나?"
"영천은 아니지만 다른 지역 가서 해 봤습니다."

말 그대로였다.

벼 세우는 건 얼핏 보면 쉬워 보이지만 결코 쉬운 일이 아니었다.

물론 쓰러진 벼를 세우는 것 자체야 어렵진 않지만 문제는 그 벼가 있는 곳까지 들어가야 한다는 것.

'물을 잔뜩 머금은 논은 거의 갯벌 수준이지.'

일명 가슴 장화라 불리는 작업복을 입어도 의미가 없다.

한 발 내딛기 무섭게 넘어지기 일쑤인데다 안 넘어지면 갯벌처럼 발이 안 빠진다.

박태현이 당시 상황을 기억해 내며 열변을 토했다.

"진짜 죽을 맛입니다. 옷은 다 젖지, 다리는 푹푹 빠지지. 넘어져서 도움 좀 받을라 치면 옆에 애도 빠져 있지…… 심지어 작년에 동기 하나 논에 빠져서 다리 잡고 뽑아 일으켰는데 아예 걷질 못하는 겁니다. 왜 그런가 봤더니 무릎 전후방 십자인대가 나가서 그날 바로 전역했습니다."

어이없는 사고.

누군가는 거짓말하지 말라고 할 수도 있지만 놀랍게도 꽤 흔히 볼 수 있는 사고였다.

출동하기 전 간부들에게 여진수가 신신당부할 만큼 말이다.

이영훈도 그 내용을 듣고 중대원들에게 따로 교육한 후 출동했다.

'논에 빠진 병력들 무리하게 빼내지 말라고 했지.'

요즘 병력 충원도 안 되는데 그렇게 병력들을 전역시킨다면 전역하는 당사자는 물론이고 부대에도 죄송한 일이었다.

"그러게. 조심해야겠네. 그러니까 태현아 너만 믿는다."

"예, 저만 믿…… 아니, 말이 왜 그렇게 됩니까?"

"네가 부소대장이잖아? 그럼 태현아, 넌 이 근처는 지원 와 본 적 없겠네?"

"예, 없습니다. 왜 그러십니까?"

"아니다."

대한은 대민지원 출발 전에 여진수가 한 부탁을 떠올렸다.

여기만큼은 꼭 대한이 가야 한다고.

의아했다.

전생의 기억 중에 대한이 꼭 가야 할 만큼 특이했던 곳은 없었으니까.

뭘까?

그 양반이 따로 부탁 같은 걸 하는 사람이 아닌데.

심지어 지금의 대한이라면 그 위험한 장간조립교 훈련을 혼자 하라고 해도 믿고 맡길 정도.

그런데도 걱정스러운 얼굴로 부탁이라니.

일단 씩씩하게 대답하긴 했지만 그래서 더 무서웠다.

'뭐, 별일 있겠어. 끽해야 혼자 보내서 걱정하는 거겠지.'

말 그대로였다.

다른 동기들은 두 명을 한 조로 묶어서 나갔으니까.

이윽고 대한이 탄 마이티가 문제의 마을에 도착했다.

마을에 도착하자마자 기다리고 있던 어르신들이 차를 향해 다가왔다.

이미 작업을 하고 계셨던 건지 옷에는 흙이 잔뜩 묻어 있었고 2.5톤 마이티 뒤에 타고 있던 병사들을 향해 반갑게 인사를 했다.

"아이고, 장정들이 이렇게나 많이 왔나?"

"이런 구석까지 와 주고 고맙십니더."

"차가 읍었나? 왜 트럭 뒤에 짐처럼 타고 왔노."

손주 대하듯 따뜻하게 맞아 주는 어르신들.

대한은 병력들에게 하차 지시를 내린 뒤 옆에 있는 할머니 한 분을 향해 물었다.

"안녕하세요, 어머님. 일단 여기 마을 이장님부터 좀 만나야 하는데 혹시 어디 계시는지 알 수 있을까요?"

"우리 이장? 지금 논에 가 있을 긴데…… 가만있어 봐, 내 금방 불러 줄게."

할머니는 휴대폰을 꺼내 전화를 걸기 시작했다.

그리고 몇 마디 대화를 나누더니 대한에게 물었다.

"혹시 그 짝이 여서 젤 높은 사람인교?"

"아, 네. 일단은 그렇습니다."

"계급이 어떻게 되는교?"

"소위입니다."

계급은 왜 묻지?
이장이 물었나?
대한의 대답을 할머니가 그대로 전달한 순간이었다.
할머니의 휴대폰 너머로 쩌렁쩌렁한 목소리가 울렸다.
─뭐? 쏘가리를 보냈다고?!
격노한 목소리.
아.
대한은 깨달았다.
왜 여진수가 자신을 여기로 보냈는지.

Chapter 2

쩌렁쩌렁한 목소리.

다짜고짜 무시하는 말투.

그것들을 미루어 보건데 여긴 일이 고된 게 아니라 사람 때문에 힘들 거라는 게 대번에 예측이 됐다.

'이래서 여기로 보냈구만.'

얼마 뒤, 목소리의 주인공이 나타났다.

마을 이장이었다. 그런데…….

'어우, 장군인 줄 알았네.'

백발의 할아버지.

그러나 하얀 머리가 무색하리만치 그는 떡 벌어진 어깨에 핏줄이 선명한 전완근, 이목구비도 뚜렷하게 남자답게 생긴 할아버지였다.

심지어 눈썹도 몹시 짙고 머리숱도 많으신 게 장군감이라는 말이 저 사람을 위해 존재하는 말이라 생각될 정도.

대한이 먼저 그에게 인사했다.

"안녕하십니까. 병력 인솔을 맡은 김대한 소위라고 합니다."

대한의 인사에 이장의 눈살이 찌푸려진다.

"진짜로 소위를 보냈네."

"네?"

"일단 왔으니까 빨리 일해! 따라와!"

거 참, 말씀 참 예쁘게 하시네.

우리가 선의로 도와주러 온 거지 일당 받고 온 줄 아시나?

그래도 그런 말들을 입 밖으로 내뱉진 않았다.

그랬다가 무슨 사달이 나려고.

그러나 병력들은 이미 불만이 많아 보이는 상태였다.

대한은 고개를 돌려 병사들에게 윙크했다. 화가 나는 건 알지만 좀 참아달라는 뜻에서.

그러자 대한의 윙크를 본 몇몇 선임병들이 한숨을 내쉬며 후임병들을 달래기 시작했고 막 출발하려던 찰나, 웬 할머니 한 분이 와서 사과했다.

"미안혀. 원래 저런 양반이 아닌데 가끔 저래. 잘생긴 총각이 이해 좀 해 줘."

"아, 예. 힘든 상황이지 않습니까. 충분히 이해합니다."

그럼.

이해해야지.

세상사라는 게 전부 합리적이고 상식적이진 않으니까.

이윽고 성큼성큼 앞서 나가는 이장을 따라 병력들이 움직이기 시작했고 박태현이 슬쩍 곁에 와서 말했다.

“저분 때문에 정작과장님이 조심하라고 하신 것 같습니다.”

“그런 것 같긴 하네.”

“여기 이장님 맞습니까?”

“그렇다더라, 할머니가 말씀해 주셨어.”

“흠…… 참 너무하시네. 애들 앞에서 대장한테 뭐라 하다니.”

병사들 중 최고선임인 박태현이기 때문에 생각할 수 있는 말이었다.

당장 군대에서도 분대장의 체면을 위해 따로 불러서 혼내는 마당에 면전에 대고 호통을 치다니.

심지어 이제 도착하자마자 이런 대우를 당했으니 그야말로 어이가 없는 상황.

대한은 박태현의 어깨를 두드리며 말했다.

“형은 괜찮다. 이번 호우로 피해 본 것 때문에 속이 쓰려서 저러시는 거겠지. 너희들한테 뭐라 안 한 게 어디야.”

“소대장님은 생불이십니까? 저 같으면 왜 소리를 지르냐고 바로 뭐라고 했을 겁니다.”

대한은 박태현의 말에 웃음으로 대답을 대신했다.

사실 대한도 바로 들이박고 싶었다. 하지만…….

'애도 아니고 그럴 수 있나.'

심지어 정작과장이 부탁도 했는데.

게다가 병력들 봉사시간까지 받기로 한 이상 더더욱 그냥 갈 순 없었다.

'참을 인(忍)자 셋이면 살인도 피한다는데 어떤 일이든 세 번은 참아 줘야지.'

대한은 속으로 참을 인(忍)을 하나 그렸다.

✵

가장 먼저 시작할 곳은 이장의 논이었다.

이장은 대한에게 모든 병력들이 필요하다며 고래고래 소리를 질렀고 어르신들 각자의 재산이었기에 따로 말할 건 없었던 대한은 일단 그 말에 따랐다.

그런데 이장의 논을 본 대한과 병력들은 자기도 모르게 감탄할 수밖에 없었다.

'이게 다 이장네 논이라고?'

이장네 논 크기가 엄청 났다.

병력들 전부가 투입돼도 하루 만에 다 할 수 있을까 걱정될 정도로.

그렇기에 절로 한숨이 나왔다.

'사이즈 보니 내일도 와야겠네.'

여기엔 이장의 논만 있는 게 아니었다. 물론 부대에서도 3일을 계획해 놨기에 큰 문제는 없었지만…….

'애들이 힘들겠어.'

병력들의 체력을 걱정하던 그때.

이장이 병력들에게 소리쳤다.

"구경났어? 일 안 할 거야?!"

"아, 예."

신기하다는 듯 논을 구경하던 옥지성이 이장의 말에 대답하고는 논에 발을 디뎠다.

그 모습에 조용히 한숨을 쉰 대한이 병력들을 향해 말했다.

"애들아, 잠깐 모여 봐."

옥지성을 제외한 모든 병력들이 대한의 앞에 섰다.

그때, 이미 논에 발을 들인 옥지성이 곤란하다는 듯 대한을 보며 말했다.

"소대장님! 저 발이 안 빠져서 못 올라가겠습니다!"

"응, 넌 그냥 있어도 돼."

"예?!"

대한은 옥지성을 가볍게 무시한 채 병력들만 들을 수 있도록 조용히 말했다.

"애들아, 저 이장이 뭐라 해도 무시하고 내 말만 들어. 괜히 상대해서 스트레스 받지 말고 조용히 일만 돕다 가자. 알겠지?"

"예, 알겠습니다!"

"그래, 이장님은 내가 알아서 상대할 테니까. 너넨 스트레스 받지 말고 재밌게 일해. 일단 끝에서부터 시작하자, 태현아."

"병장 박태현."

"애들 데리고 끝에 가서 시작해. 난 지성이 좀 꺼내서 갈게."

"하, 저 새끼는 왜 먼저 들어가서…… 알겠습니다. 가자."

박태현이 병력들을 인솔해서 대한이 가리킨 시작점으로 이동했다.

대한은 발을 이리저리 돌리며 나오려고 안간힘을 쓰고 있는 옥지성을 보며 한숨을 내쉬고는 논으로 내려갔다.

"머리 쓰다가 몸 쓰려고 하니까 아주 신나는가 봐? 뭐 좋다고 말하자마자 튀어 내려갔냐?"

"하하, 몸이 근질근질하긴 했습니다."

비가 내리면서 자연스럽게 공부 시간이 늘었었다.

그렇다 보니 안 그래도 현장 뛰던 옥지성은 몸이 근질거릴 수밖에.

대한이 피식 웃으며 말했다.

"야, 시원한 곳에서 가만히 공부할 때가 제일 좋은 거야."

"좋긴 한데…… 하, 그러니까 열심히 하고 있지 않겠습니까. 그나저나 얼른 저 좀 꺼내 주십쇼."

"어휴, 너는 공부하더니 머리가 더 나빠진 것 같냐. 딱 봐도 박히면 못 나오게 생겼는데 그걸 들어가?"

"실험 정신이라 해 주십쇼. 몸으로 직접 체험해야 깨닫는 게 빠른 거 아니겠습니까."

"과학자 납셨네…… 몸 뒤로 누워서 나한테 기대."

옥지성은 씨익 웃은 채 대한에게 몸을 맡겼고 대한은 옥지성을 기울인 채 뒤로 발걸음을 옮겼다.

그러자 서서히 딸려 오더니 이내 옥지성의 발이 논에서 쏙 빠졌다.

"오, 이렇게 쉽게 빠지는데 아깐 왜 안 빠졌지?"

"쯧쯧, 등신 같은 놈."

두 사람은 논두렁으로 올라와 박태현이 있는 곳으로 향했고 도착하자마자 바로 합류해 일을 시작했다.

일 열로 서서 각자 앞에 있는 벼들을 세워 나가길 한참, 아까 이야기 나누던 어르신 한 분이 머리에 소쿠리를 이고 나타나셨다.

"새참 먹고 해."

이제 겨우 30분 지났는데 벌써 새참이라니, 이제 좀 속도가 붙나 싶었는데 좀 아쉬웠다.

그래도 새참을 포기할 수 있나.

대한이 허리를 펴고 나가려 하자 병력들이 일제히 대한을 쳐다봤다.

대한이 고개를 갸웃하며 말했다.

"안 나갈 거야? 새참 왔다는데?"

"정작과장님이 절대로 뭐 얻어먹지 말라고 하셨습니다. 혹시 나가서 먹고 들어오면 지시 불이행으로 징계하신다고도 하셨습니다."

옥지성이 슬픈 눈으로 대한에게 말했고 다른 병력들도 마찬가지였다.

아참, 그러고 보니 저번 주에 교육한다고 했었지.

대민지원 간 뭐라도 얻어먹는다면 그것이 그날의 일당이 된다는 말.

심지어 징계한다는 말까지 해 놨으니 병력들이 모두 대한의 말만 기다릴 뿐이었다.

근데 막상 또 어떻게 거절할 수가 있나.

대한이 말했다.

"그냥 먹어. 보니까 수박 가져오신 거 같은데 갈증 나잖아? 그리고 우리가 안 먹으면 어르신들이 더 미안해 하셔. 내가 제일 먼저 먹을 테니까 알아서들 해라. 아, 그리고 뭐 먹었다고 징계 이야기 나오면 내가 강제로 먹였다고 해."

대한이 솔선수범해서 먼저 수박으로 다가가자 병력들도 그제서야 환호하며 장갑을 벗기 시작했다.

"역시, 소대장님!"

"대민지원 나와서 아무것도 못 먹고 들어가는 줄 알았네."

"소대장님이 저렇게 말씀하시는데 안 먹을 수 없지."

병력들이 웃으며 달려오자 수박을 가져오신 할머니가 웃으며 하나씩 수박을 건네신다.

그때, 소쿠리를 구경하던 옥지성이 대한에게 조심스럽게 물었다.

"저, 소대장님."

"왜?"

"여기 막걸리가 있습니다."

"그러네, 막걸리네."

"아니, 반응이 그게 끝이십니까?"

"그럼? 뭐, 어쩌라고."

"이 힘든 작업 현장에 막걸리가 있잖습니까. 안 먹을 수가 없는 상황 아닙니까?"

"뭐 얼마나 일했다고 힘든 현장이래?"

"아잉, 소대장님."

옥지성의 애교.

어우 씨, 하마터면 죽빵 갈길 뻔했네.

그러나 지금 허락해 주지 않으면 다른 인원들도 애교를 부릴 것 같았다. 그도 그럴 게 막걸리라는 말에 다들 귀를 쫑긋 세우고 여길 주시하고 있었으니까.

징그러운 놈들.

대한이 한숨을 쉬며 말했다.

"마시고 싶은 인원들은 마셔."

"와! 감사합니다, 소대장님!"

"지성이 넌 빼고."

"……예?"

"그러게, 누가 애교 부리래?"

"아, 죄송합니다. 한 번만 봐주십쇼. 진짜 막걸리만 허락해 주시면 일 미친 듯이 열심히 하겠습니다."

"뭐 얼마나 열심히 하려고 그러냐…… 장난이다, 마셔라."

그렇게 대한의 허락이 떨어지자마자 할머니가 들고 온 막걸리 4병은 순식간에 동나 버렸다.

10명이 넘는 인원이 갈증 해소를 위해 들이켜는데 남는 게 이상한 거지.

그 모습을 본 할머니가 흐뭇한 표정으로 말했다.

"기다려 봐. 금방 가서 더 들고 올게."

"아유, 아닙니다. 차라리 좀 있다가 가져다주십쇼. 지금은 일 좀 하겠습니다."

대한은 서둘러 할머니를 말렸다.

그도 그럴 게 이미 병력들에게 취기가 돌기 시작했으니까.

'술도 잘 못 먹으면서 왜 막걸리를 못 먹어서 안달들이야.'

얼굴이 빨갛게 올라온 병력들이 몇 명 있었고, 모두 기분이 업 돼 보였다.

그래.

이 이상은 과하다.

딱 이 정도가 적당했다.

그때, 옥지성이 대한에게 말했다.

"소대장님, 딱 한 병만 더 마시면 안 되겠습니까?"

"응, 안 돼."

"아, 저 얼마 먹지도 못했는데……."

"야, 술 마시러 왔냐? 좀 있다가 마시게 해 줄 테니까 일단 일 좀 하자."

"넵! 알겠습니다!"

이윽고 다시 작업이 재개됐고 병력들은 기쁜 맘으로 일하기 시작했다.

그렇게 또 일하길 한참, 대한이 울리는 휴대폰을 한번 확인하더니 박태현에게 말했다.

"태현아, 잠깐만."

"예. 무슨 일이십니까?"

"나 부식 가지러 갔다 올 테니까. 애들 천천히 쉬게 해 가면서 일하고 있어."

"알겠습니다. 다녀오십쇼."

부식은 주민들에게 뭐 얻어먹지 말라고 부대에서 준비한 부식이었다.

부대 차량을 발견한 대한이 차량을 향해 손짓했으나 놀랍게도 차량에는 아무도 없었다.

'뭐야, 어디 갔어?'

화장실 갔나?

이럴 땐 병사들도 휴대폰 없는 게 참 답답했다.

근데 10분을 넘게 기다려도 운전병을 보일 기미가 안 보였고 대한은 미간을 좁히며 운전병을 찾기 시작했다. 그러다 운전병을 발견한 곳은 다름 아닌 마을 회관 옆이었다.

마을 회관 옆 텃밭.

운전병은 거기서 혼자 흙을 정리하고 있었다.

그 모습을 본 대한이 물었다.

"여기서 뭐 해?"

"소대장님……."

운전병은 슬픈 눈으로 대한을 바라보며 말했다.

"이장님이 쉬고 있지 말고 이거라도 하라고 해서……."

"……뭐?"

이건 또 무슨 소리야?

대한의 미간이 좁혀진다.

어이가 없네.

이 양반이 지금 뭐 하는 짓거리야?

운전병은 일부러 쉬게 놔둔 병력인데?

운전병들은 아침 일찍부터 차량을 준비하고 병력 수송, 부식 배달 등등 운전할 일이 많기에 일부러 대민지원에서 제외시켰다.

그런데 그런 병력까지 잡아다 일을 시켜?

누구 맘대로?

대한이 화를 참으며 운전병에게 물었다.

"이장님 지금 어디 계시냐?"

"모르겠습니다. 이거 어떻게 하라고만 말하고는 사라졌습니다."

"후…… 일단 그거 놔두고 가자."

"예……."

"좀 있다가 부식 가지고 온 뒤에는 차에서 쉬지 말고 내가 작업하는 곳 옆에 그늘에서 쉬어. 좀 더워도 참아 줘라."

"알겠습니다, 감사합니다."

운전병을 위로한 대한은 곧장 면사무소로 출발했다.

차로 이동하며 대한이 생각했다.

'말투 문제가 아니다. 그냥 사람이 문제다.'

참을 인 세 번 그려서 해결될 문제가 아니었다. 애초에 인간 자체가 글러먹은 것.

'그나저나 여진수 이 양반도 참 너무하네. 갓 전입 온 소위한테 이런 사람을 마크하라고 하다니.'

그만큼 믿으니까 대한을 보낸 거지만 그래도 표면적으로 보면 좀 너무한 거 아닌가?

그렇기에 대한은 돌아가는 대로 즉시 여진수에게 생색내야겠다고 생각했다.

'당연히 내야지. 암 그렇고말고.'

✷

면사무소에 도착하자 부식을 나눠 주기 위해 미리 도착해 있던 이영훈이 보였다. 그런데…….

'아니, 저 양반은 왜 또 이렇게 취해 있어?'

대한이 황당하다는 투로 물었다.

"아니, 중대장님. 뭘 하셨길래 벌써 이렇게 취해 계시는 겁니까?"

술을 잘 먹는 이영훈이었기에 더욱 이 상황을 이해할 수 없었다.

그 물음에 이영훈이 두 팔 벌려 다가오며 말했다.

"대한아~."

"아우, 좀 놓으십시오. 왜 이렇게 취하신 겁니까?"

"아니, 주민분들이 일을 다 해 놓으셔서 할 게 없다고 술을 막 권하시는데 어떻게 안 먹을 수가 있냐."

역시.

이영훈도 마찬가지였다.

주는 거 먹지 말라고 교육은 받았지만 주민들이 이리 권하는데 어찌 거절할 수가 있을까.

'물론 이영훈은 애초에 거절할 생각조차 없었겠지만.'

대한이 속으로 한숨을 내쉬며 말했다.

"복귀해서 보고 하실 순 있으시겠습니까?"

그게 제일 걱정이었다.

복귀해서 짧게라도 회의를 할 테니 말이다.

'설마 여진수 그 양반이 이런 것까지 이미 예상한 건가?'

그럼 생각보다 더 대단한데?

대한의 물음에 이영훈이 대한을 손가락으로 가리키며 말했다.

"네가 한다던데?"

"제가 말씀이십니까?"

"응."

"언제 말씀이십니까? 저는 들은 기억이 없는……."

"지금?"

"아……."

이런 씹…….

대한은 한숨을 내쉬고는 고개를 끄덕였다.

뭐 어쩌겠나.

까라면 까야지.

"……알겠습니다. 저희 부식 챙겨가겠습니다."

"대한아, 우리 거에서 먹을 것 좀 더 챙겨 가. 우린 먹을 거 많아."

"예, 알겠습니다."

"뭐 힘든 거 없고?"

"중대장님이 힘듭니다."

"이잉, 형이 왜?"

아니, 이 인간들이 오늘따라 다들 왜 이래?

징그러워 죽겠네.

이영훈이 에너지바 몇 상자를 대한의 부식 상자에 옮겨 주며 말했다.

"힘든 거 있으면 말해. 바로 도와주러 갈게."

"일 할 거 없으시면 지금 바로 오셔도 좋으실 거 같습니다."

"에이, 그럴 수가 있나. 오전은 즐기다가 넘어갈게."

"으휴, 그럼 오후엔 술도 깨실 겸 도와주러 와 주십쇼. 제가 간 마을에는 일거리가 많습니다."

"오케이!"

"예, 그럼 좀 있다 점심때 뵙겠습니다."

점심까지 남은 시간 약 2시간.

대한은 점심 먹기 전까지 최대한 일을 해두고 싶었다.

안 그럼 여길 또 와야 되니까.

그렇게 마음을 다 잡으며 다시 논에 도착했을 때 대한은 그 마음이 뭉텅이로 꺾여 나갔다.

"아니, 아직 여기까지 밖에 못 했어? 뭐 해! 놀러 왔어?!"

논에 도착하자마자 이장의 고함이 들렸다.

기가 막혔다.

대한이 서둘러 내리려던 찰나, 아까부터 참고 있던 박태현이 대꾸했다.

"열심히 하고 있습니다."

박태현도 많이 참았다.

대한이 한 귀로 듣고 한 귀로 흘리라고 했지만 그게 어디 말처럼 쉽나.

그래도 참았다.

대민지원을 와서 민간인들과 마찰을 일으킬 순 없었으니까.

하지만 이장은 박태현의 대답을 듣고 언성을 더 높였다.

"뭐? 열심히 해? 이것들이 장난하나, 열심히 했으면 벌써 다 하고도 남았겠는데 뭘 열심히 하고 있다고 당당하게 말대꾸하는 거야?!"

박태현은 병력들의 등을 보며 한숨을 쉬었다.

이미 땀에 푹 젖어 있건만 이게 열심히 하는 게 아니면 뭘까?

주변에 일을 같이하던 어르신들이 이장을 말려 봤지만 아무 소용없었다.

"뭘 그만해! 그리고 너! 아까 그 소위 아니지? 뭐야? 병사야?"

"예. 맞습니다."

"어디 병사 새끼가 말대꾸야!"

"병사 새끼?"

그 말에 싸한 분위기를 감지한 옥지성이 박태현을 말렸다.

"박 뱀, 참으십쇼."

"있어 봐, 도와주러 온 사람한테 병사 새끼라잖아."

박태현이 말리는 옥지성을 뿌리치며 이장에게 다가가 말했다.

"병사 새끼라니, 지금 말 다하셨습니까?"

"허 참. 어디 내 손주뻘도 안 되는 놈이 두 눈 시퍼렇게 뜨고…… 미쳤어? 빨리 일 안 해?"

"손주한테도 이렇게 일시키십니까? 손주뻘도 안 되는 애들한테 왜 막말을 하십니까?"

"어휴, 간부도 아닌 병사 놈이 견장 달았다고 따박따박 따지는 것 좀 봐라."

"병사는 안 되고 간부는 됩니까?"

"그럼 이장이 간부랑 이야기하지, 병사 새끼랑 이야기할까? 어?!"

"저도 곧 하사 달 거니까 저랑 이야기해 보시죠."

"이 새끼가 진짜…… 눈 안 깔아?!"

"지금 뭐 하시는 겁니까!"

그때였다.

조용히 상황을 지켜보고 있던 대한이 나타난 건.

대한의 등장에 이장이 대한에게 윽박질렀다.

"넌 뭐 하는 놈이야! 도와주러 왔다는 놈이 말도 없이 자리를 비워?"

"도움받으실 거면 도움만 받으십쇼. 지휘할 생각하지 마시고."

"나 이장이야! 여긴 내 마을이고! 여기선 내가 왕인 거 몰라?!"

대한의 차분한 말에 이장은 더욱 흥분하며 말했다. 그런 이장의 반응에 피식 웃은 대한은 그대로 몸을 돌려 병력들에게 말했다.

"작업 중지, 모두 나와."

"예, 알겠습니다!"

우렁차게 대답한 병력들이 일제히 장갑을 벗고 논에서 나오기 시작했다.

그러자 이장은 흥분을 가라앉히지 못하고 소리쳤다.

"뭐 하는 짓들이야! 얼른 다시 가서 일 안 해?!"

"예, 안 합니다. 혼자 알아서 잘해 보십쇼."

대한은 이장을 쳐다보지도 않고 타고 온 차량을 향해 걸어가며 대답했고 이장은 차마 대한과 병사들을 잡지 못한 채 뒤에서 소리만 질러 댔다.

"너희들 이딴 식으로 가면 내가 가만히 있을 줄 알아? 기사에 민원까지 넣을 수 있는 거 다 넣어 줄 테니까 각오해!"

"예, 예. 최선을 다해 보십쇼. 그런다고 저희가 눈 하나 깜짝하나."

할 테면 해 보라지.

대민지원도 중요했지만 간부로 병력들을 인솔해 온 이상 병력들이 받을 대우는 대한이 지켜야 했다.

순식간에 차량 탑승을 마친 병력들이 조용히 대한을 바라보았다.

대한이 말했다.

"나 없는 동안 고생 많았다. 일단 이동해서 이야기하자. 가는 길에 부식 상자 열어서 하나씩 꺼내 먹고."

"예! 알겠습니다!"

대한은 그대로 조수석에 올라 차량을 출발시켰고 옆에 앉은 박태현을 보며 말했다.

"잘했다. 내가 없으면 네가 병사들 챙겨야지."

"죄송합니다. 그래도 제가 참았어야 했는데."

"죄송하긴. 역시 박 하사야."

"……예?"

"아까 곧 하사 달 거라며? 그래서 박 하사라고 불렀는데 무슨 문제라도?"

"그, 그건! 말을 하다 보니까 그냥 튀어나온 말입니다!"

"에이, 아무 생각도 안 했는데 그냥 튀어나올 리가 있나. 오늘 보니 잘하겠더라. 아주 믿음직스러워."

대한이 씩 웃어 보이자 박태현이 자기 얼굴을 쓸어내리며 말했다.

"……하, 6개월도 가능하지 않습니까?"

"그럼, 당연하지."

"며칠만 더 고민해 보겠습니다."

"그래, 좋은 생각이야."

"그런데 소대장님, 저희 이제 어떻게 합니까? 진짜 부대 복귀합니까?"

온전히 대한의 판단으로 마을에서 나온 것이었다.

박태현이 생각하기에 대한이 이렇게 마음대로 나오는 건 있을 수 없는 일.

그도 그럴 게 상급자에게 아무런 보고도 하지 않았으니까.

그러나 대한은 아무렇지 않다는 듯 대답했다.

"몰라, 이제 연락드려 봐야지."

"이미 나왔는데 말씀입니까?"

"선조치 후보고 모르냐. 괜찮아. 나한테 모든 판단을 맡기신다고 그러셨거든."

박태현은 그제야 안심하며 고개를 끄덕였고 대한은 이내 휴대폰을 들고 여진수에게 전화를 걸었다.

"충성! 소위 김대한입니다. 통화 괜찮으십니까."

–어, 말해.

"저희 마을에서 나왔습니다."

–……일이 이렇게 빨리 끝났어?

"여기 마을 이장이 저희 병사들에게 폭언해서 그냥 일하다 말고 나왔습니다."

–뭐?

대한의 말에 여진수의 머릿속이 멍해지기를 잠시, 이내 곧 여진수의 분노가 끓어오르기 시작했다.

✱

대한은 여진수에게 상황을 전달한 후 면사무소로 가서 기다리란 지시를 받았다.

이영훈은 벤치에 누워 자고 있었다. 대한이 다가가 말했다.

"중대장님, 주무십니까?"

"어, 흡, 억. 어, 뭐야? 벌써 점심시간이야?"

그새 술이 깬 이영훈이 입이 찢어져라 하품하며 말했다.

"아닙니다. 저 다녀간 지 30분 정도 지났습니다."

"응? 그럼 점심시간 아니잖아, 왜 벌써 왔어?"

"일이 있었습니다."

"일? 혹시 사고 쳤어?"

"제가 언제 사고 친 적 있습니까, 사고 안 쳤습니다."

"휴, 그래. 네가 사고 칠 애는 아니지. 그럼 왜?"

"마을 이장이랑 한판 했습니다."

그 말에 이영훈이 멍하니 대한을 쳐다봤다.

"뭐라고……?"

"이유가 있었습니다."

대한은 이영훈에게 조금 전에 있었던 일을 설명했고 이영훈도 여진수와 마찬가지로 화를 내기 시작했다.

“아니, 미친놈 아냐? 어딜 감히 우리 애들한테 그딴 식으로…… 하, 거길 내가 갔어야 했는데.”

“중대장님 가시면 진짜로 싸우실까 봐 정작과장님이 절 보내신 것 같습니다.”

“어휴, 그런가 보다. 난 그런 거 절대 못 참아. 그래서 과장님 언제 오신다고?”

“전화만 좀 하고 바로 출발하신다고 하셨으니 10분 정도면 도착하지 않으셨겠습니까?”

“술 더 먹었으면 큰일 날 뻔했네.”

이영훈은 벤치에서 일어나 남은 술기운을 털어 내기 시작했고 얼마 뒤 여진수의 차량이 면사무소에 진입했다.

“충성!”

“어, 대한아. 고생 많았다.”

“아닙니다!”

“뭐야, 영훈이 너는 왜 여기 있어?”

“아, 그게…….”

그러네.

이 양반이 여기 있으면 안 되잖아?

이영훈이 당황해서 말을 얼버무렸고 대한이 얼른 대신 대답했다.

“제가 과장님한테 연락드린 뒤에 중대장한테 연락했고 걱정되셔서 바로 와 주셨습니다.”

"아, 그래? 잘했다. 둘 다 따라 들어와."

"예, 알겠습니다."

가까스로 고비를 넘겼다.

이영훈이 여진수의 뒤를 따르며 대한에게 속삭였다.

"살려 줘서 고맙다."

"운명 공동체 아니겠습니까."

"역시…… 요즘 네 덕분에 군 생활할 맛 난다."

"저도 중대장님이 계셔서 행복합니다."

여진수의 등장에 당황한 면사무소 직원이 튀어나와 회의실을 안내해 주었다.

미리 연락을 받은 모양.

회의실 테이블에 앉자마자 여진수가 물었다.

"대한아, 그때 상황 다시 한 번만 더 설명해 줄래?"

대한은 여진수의 심각한 분위기에 긴장하며 조금 전의 상황을 다시 이야기했고 여진수는 대한의 말을 수첩에 일일이 정리하며 적어 내려갔다.

그리고 대한의 말을 다 들은 후 대한의 판단을 칭찬했다.

"침착하게 잘 나왔다. 역시 널 보내길 잘했어."

"민간인이랑 싸우고 올 순 없지 않습니까. 심지어 나이도 많은 어른인데."

"어른도 어른 같아야 어른이지. 영훈이 보냈어 봐. 벌써 경찰서에서 연락 왔을 거다."

여진수의 농담에 분위기가 금방 풀어졌다.

이어서 여진수가 말했다.

"암튼 고생 많았다. 그래도 너무 걱정하지 마. 여기로 사람 하나 불렀으니까 이야기 듣고 어떻게 할지 정해 보자."

"누구 부르셨습니까?"

"응, 욕먹었는데 가만히 있을 순 없잖아?"

누굴 불렀다는 거지?

그때였다.

면사무소에 고급 세단 하나가 빠르게 들어온 건.

✱

면사무소 회의실에 여진수와 나머지가 들어간 그 시각.

조용한 회의실과는 반대로 면사무소에는 난리가 났다.

"다 치웠어? 빨리 저 입구에 상자부터 치워!"

"할머니, 조금만 기다려 주세요. 조금만 있다가 바로 처리해 드릴게요!"

"갑자기 이게 무슨 난리야?"

이렇게 난리가 난 이유는 바로 영천시장이 면사무소로 오고 있다는 소식 때문이었다.

그러니 당연히 난리가 날 수밖에.

군대로 비유하면 부대에 갑자기 사단장이 떨어진 것과 마찬가지였으니까.

잠시 후. 영천시장이 탄 차량이 면사무소 앞에 도착했고 면사무소를 정리하던 면장과 직원들은 얼른 주차장으로 뛰어나갔다.

"시장님, 오셨습……."

"군인분들 어디 있습니까?"

영천시장은 인사 받을 틈도 없이 여진수를 찾았고 면장은 고개를 숙이며 대답했다.

"회의실에 들어가 계십니다."

"후…… 들어가시죠."

"아, 예. 이쪽입니다."

면장은 서둘러 영천시장을 회의실로 안내했고 영천시장은 그대로 회의실로 들어갔다.

시장이 들어간 뒤 면장과 직원들이 조용히 수군거렸다.

"무, 뭐가 어떻게 되어 가고 있는 거야?"

"모르겠어요. 다짜고짜 회의실 준비하라고 하지 않나…… 정말 그냥 회의실만 쓰려고 그러신 게 아닐까요?"

"무슨 일인진 모르겠지만 일단 치우던 거나 마저 치우자. 나와서 무슨 말을 할지 모르잖아."

"예, 면장님."

한편.

영천시장이 회의실에 나타나자 여진수가 굳은 표정으로 자리를 권했다.

“오셨습니까. 앉으시죠.”

“아, 예. 반갑습니다. 영천시장 문성주입니다.”

깍듯하게 인사를 한 문성주가 세 사람의 맞은편에 앉았다.

그리고 시장의 자기소개에 대한은 일순 눈이 휘둥그레 커졌다.

‘시장? 영천시장을 불렀다고?’

누굴 불렀다길래 궁금했는데 설마 그게 영천시장이었을 줄이야.

문성주는 자리에 앉자마자 사과부터 했다.

“먼저 죄송하다는 말씀부터 드리겠습니다. 도와주시는 분들한테 설마 그런 식으로 말할 줄은 몰랐습니다.”

“저희도 몰랐습니다. 이런 대우를 받을 줄 알았으면 애초에 대민지원은 보내지도 않았을 겁니다.”

“예, 맞습니다. 제가 책임지고 사과드릴 수 있도록 하겠습니다.”

“뭐, 그건 알아서 하시고 사과 못 받으면 내일부터, 아니 앞으로 대민지원은 없습니다. 그리고 전화로 말씀드렸다시피 이 일, 그냥 넘어가진 않겠습니다.”

그냥 넘어가지 않겠다니?

사과 말고 뭐 따로 할 게 있나?

대한은 여진수의 말에 의문이 들었지만 가만히 두 사람의 대화를 지켜봤다.

그도 그럴 게 전혀 대화에 낄 만한 분위기가 아니었으니까.

그 말에 문성주가 조용히 한숨을 내쉬며 대답했다.

"예, 오늘 안으로 이장 데리고 와서 사과드릴 수 있도록 하겠습니다. 죄송합니다."

"오래 못 기다립니다. 점심 식사 때까지만 여기 있고 부대로 들어갈 겁니다."

"알겠습니다. 그나저나 어느 분이 그 마을로 가셨는지 여쭤봐도 되겠습니까?"

그 물음에 여진수가 대한을 가리켰고 문성주가 다시 고개를 숙였다.

"죄송합니다. 제가 이장을 대신해서 먼저 사과드리겠습니다. 다시 한번 죄송합니다."

"아, 예. 알겠습니다."

"그럼 먼저 일어나 보겠습니다. 조금만 기다려 주십쇼."

자리에서 일어나 90도로 허리를 숙인 문성주는 그대로 회의실을 벗어났다.

그가 떠나자 이영훈이 긴장이 풀렸는지 크게 한숨을 내쉬며 여진수에게 물었다.

"과장님, 이게 대체 무슨 일입니까?"

"뭐가?"

"시장 아닙니까, 시장씩이나 되는 사람이 왜 여기에……."

"문제 생기면 원래 윗대가리부터 불러서 쪼인트 까야 하는 거야. 그래야 일이 해결되지."

"보통은 반대 아닙니까?"

"그러니까 세상이 거꾸로 돌아간다는 거지."

"아무리 그래도 그렇지, 시장이 이런 일로 직접 오는 건 전 처음 봅니다."

"직접 올 수밖에 없지."

"예?"

"사연이 있거든."

여진수는 장난기 가득한 얼굴로 대한과 이영훈을 번갈아 보며 말했다.

"둘 다 내 출신이 뭔지 알지?"

"학사 출신 아니십니까?"

"왜, 학군이 아니라 학사를 선택했을까?"

대한은 여진수의 질문에 생각에 잠겼다.

'그러게? 학군단이 없는 학교도 아닌 거로 기억하는데?'

여진수의 대학교는 서울 소재의 명문대 출신이었다.

학군단도 유명한 학교였는데 그러고 보니 왜 하필이면 학사장교로 지원을 한 거지?

여진수는 대한과 이영훈이 고민하는 모습에 웃으며 말했다.

"학군단 합격하고 난 뒤에 인턴을 붙었거든. 그래서 학군단 대신 학사장교를 지원했어."

학군단은 방학 동안 훈련을 받아야 했기에 대학교 생활을 온전히 즐기기는 힘들었다.

반면.

학사장교는 대학교 졸업 이후 훈련을 몰아 받기에 대학교 생활을 제대로 할 수 있었다.

하지만 그만큼 의무 복무 기간도 학군단보다 길고 임관 시기도 다르기에 군 생활에 뜻이 있다면 불리한 건 사실이었다.

그래서 더 의문이었다.

말의 앞뒤가 맞지 않았으니까.

"인턴까지 하고 오신 거면 원래 군 생활 계속하려고 하신 게 아니셨나 봅니다?"

"아니? 난 군인이 꿈이었는데?"

"예? 근데 인턴은 왜?"

군대는 사회에서의 경력이 아무 쓸모가 없는 곳이었다.

그도 그럴 게 어차피 사회 경력이라고 해 봤자 대학교 때 경험한 게 다였으니까.

군이 인정해 준다면 영관급이 되어서 가는 대학원 정도.

여진수가 피식 웃으며 말했다.

"군 생활하면서 써먹을 수 있을 거라고 생각했거든. 봐라, 지금도 잘 써먹고 있지 않냐."

"어디서 인턴을 하셨길래, 그러십니까?"

"신문사랑 국회."

"예?"

여진수는 대한이 생각하던 것보다 더 대단한 능력자였다.

군 생활만 잘하는 줄 알았더니 이 정도 스펙이면 사회에 있었어도 군대에서 만큼 잘나갈 사람이었다.

'전공도 건축학과 나온 거로 알고 있는데 어떻게 신문사랑 국회 인턴을 한 거지?'

관련 전공자도 합격하기 힘든 곳에 비전공자가 합격한 것도 놀라운데 심지어 하나도 아니라 두 개였다.

여진수는 대한과 이영훈이 입을 벌리고 아무 말도 못 하고 있자 별거 아니라는 듯 말을 이었다.

"계급 올라가면 언젠간 써먹을 것 같아서 일부러 인맥 좀 쌓고 학사장교 한 거야. 덕분에 군 생활은 좀 늦게 시작하긴 했지만 이렇게 벌써 써먹고 있잖아?"

"멋지십니다. 근데…… 제가 머리가 모자라 이해가 안 되는데 아무리 그래도 인턴밖에 안되셨을 텐데 그때 인맥을 어떻게 써먹으신 겁니까?"

"그냥 그때 일 배웠던 분들한테 전화했지."

"아."

대한은 그제서야 이해가 됐다.

여진수의 나이를 고려했을 때 당시 일을 가르쳐 줬던 사수들이라면…….

'지금쯤 40대 초중반쯤? 잘나가면 부장급을 앞두고 있겠네.'

신문사와 국회 조직을 잘 모르지만, 지금까지 한 자리에 있다면 파워가 없을 리가 없었다.

그리고 상황도 잘 맞아떨어졌다.

“일했던 신문사는 정치인들 기사면 좋다고 쓸 기세였고, 보니까 국회에서 모시던 의원님이랑 같은 정당이더라고 바로 말씀드렸지, 뭐.”

“모시다뇨? 국회의원 보좌관 하셨습니까?”

“응, 그땐 초선이셨는데 이제 4선째 해 먹고 계시지.”

“세상에, 국회의원 인맥이라니…… 진짜 대단하십니다.”

어쩐지.

문성주가 여진수에게 아무 말 못 하던 이유가 있었다.

‘인맥으로 제대로 협박하셨구먼?’

갑자기 여진수가 달리 보였다.

예전에는 그냥 무서운 상급자였다면…….

‘단장은 무슨, 이 양반이 제일 무서운 사람이다.’

여진수가 이어 별거 아니라는 듯 대답했다.

“대단하기는 무슨…… 군인한테 정치인은 동네 아저씨만도 못한 사람이잖아.”

“하하, 그건 그렇긴 합니다.”

“아, 그리고 그 마을 이장이랑 시장이랑 친척이라더라. 문성주 그 양반이 시장 되고 난 뒤부터 영천시에서 알아주는 진상 이장이 되었다고 하더라고.”

흠.

영천에서 시장 인맥이면 폭군이 될 만하지.

근데 친척이 시장이면 더 조심해야 하는 거 아닌가?

본인 때문에 얼굴에 먹칠을 할 수도 있을 텐데…….

하긴 진상이 그런 걸 신경 쓸 리가 있나.

스스로를 왕이라고 하는 인간인데.

여진수가 물었다.

"그나저나 같이 간 애들은 괜찮냐?"

"예, 제대로 욕먹기 전에 빨리 빼 왔습니다."

"잘했다. 그나저나 너 DH투자라고 아냐?"

DH투자?

여진수의 입에서 왜 우리 회사 이름이 나오는 거지?

대한은 놀랐지만 애써 표정을 숨긴 채 대답했다.

"DH투자 말씀이십니까? 제 지인이 다니는 회사 이름인데 과장님이 어떻게 아십니까?"

"아, 지인이구나. 아니, 대민지원 격려 차 음식 보낸다고 부대로 전화가 왔길래 혹시나 해서 물어봤지. 마침 네 이름이랑 스펠링이 같길래."

오정식 이 새끼…….

면사무소 주소도 보내 놨건만 굳이 부대로 전화하다니.

대한이 어색하게 웃으며 말했다.

"하하…… 대민지원 나간다고 하니까 알아서 먹을 걸 챙겨 준다고 한 것 같습니다."

"좋은 분이네. 네가 내 인맥보다 좋다야. 난 먹을 거 보내 주는 사람은 하나도 없는데."

언론이랑 국회의원 인맥이 별로라고?

대한이 어색하게 웃자 갑자기 이영훈이 한숨을 내쉬며 말했다.

"전 하나도 없는데…… 다들 부럽습니다."

"넌 내가 인맥이잖아."

"예?"

"너 나랑 계속 군 생활할 거 아냐? 그럼 내 인맥이 네 인맥이고 대한이 인맥이 네 인맥이고 그런 거지."

"아……."

"안 그러냐, 대한아?"

"맞습니다. 과장님."

"그래. 여긴 이 정도면 된 것 같고 일단 나가자. 곧 점심시간인데 밥 오기 전까지 애들 간단하게 땀은 씻어 내야지."

안 그래도 무더위에 다들 땀에 절어 있었다.

이왕 쉬게 된 거 제대로 쉬게 해 줘야지.

대한은 회의실을 나가 급하게 움직이고 있는 면사무소 직원을 향해 물었다.

"저 혹시 병력들 쉴 만한 곳이 좀 있습니까?"

"아, 잠시만요. 면장님?"

직원의 부름에 면장이 대한에게 뛰어왔다.

“뭐 필요한 거 있으십니까?”

“아, 병력들 시원한 곳에서 쉬게 하려고 하는데 쉴 만한 곳 있나 해서 여쭤봤습니다.”

“2층에 올라가시면 조그만 강당 하나 있습니다. 에어컨 틀어 드리겠습니다.”

“예, 감사합니다.”

대한이 몸을 돌리려던 찰나였다.

“저…… 혹시 시장님이 또 방문하실까요?”

“전 잘 모르는데…… 근데 오시긴 오셔야 할 겁니다.”

“아…… 그러시구나.”

면장은 어떤 일이 있는지 궁금해하지 않았다.

그저 시장이 다시 온다는 것에 슬픔을 드러낼 뿐.

잠시 후, 병력들을 시원한 곳으로 이동시킨 대한은 주차장 구석으로 이동해 휴대폰을 꺼내 들었다.

그리고 오정식에게 전화를 걸었다.

-여보세…….

“야, 부대에는 왜 전화했어?”

-하하, 벌써 들었냐? 역시 군대 참 빨라.

“그냥 면사무소로 보내라니까 너 일부러 그랬지?”

-일부러 그러긴? 면사무소로 보낼 건 당연히 보냈지. 아마 점심시간 맞춰서 도착할 걸?

"응? 그럼 부대에는 왜 전화했냐?"

–부대로 보낼 것도 있으니까.

"……불안하게 왜 이래? 왜 갑자기 능동적으로 일하는 거야? 뭔데?"

–기대해라, 이 형이 다 네 생각을 해서 보낸 거니까.

"어차피 다 내 돈으로 보낸……."

–장 중이라서 먼저 끊는다.

뚜. 뚜. 뚜.

대한은 전화가 끊어진 것을 확인하고 한숨을 내쉬었다.

'주말에 주식 다 정리했는데 무슨 장 중이라고…….'

그래도 신나있는 오정식의 목소리를 들으니 무얼 보냈는지 기대가 되었다.

✱

대한은 여진수, 이영훈과 함께 면사무소 주차장에서 배식차를 기다렸다.

영천시장 문성주가 회의실을 나선 지도 어느덧 1시간.

문성주는 아직도 이들 앞에 등장하지 못하고 있었다.

"과장님, 잘하면 여기서 식사하셔야 할 것 같습니다."

"뭐, 금방 못 올 줄은 알았어. 그냥 여기서 먹지 뭐."

"제 생각에는 오늘 안에 못 데리고 올 것 같습니다."

그 말에 여진수가 피식 웃었다.

"네가 그렇게까지 이야기하는 거 보니 이장 성격이 어지간히도 지랄 맞긴 지랄 맞았나 보네."

"대단한 사람이었습니다."

"근데 진짜로 늦으면 곤란한데. 나 일할 것도 많단 말이야."

대한은 저 말에 숨겨진 진짜 이유를 알았다.

해야 될 일들에 대한 걱정보다는 문성주가 여기로 이장을 데려와야 일을 마무리 짓고 끝낼 수 있는데.

만약 일이 늦어 부대로 데려와 단장이나 대대장과 마주치기라도 한다면 그땐 정말 여러모로 곤란해질 터였으니까.

'특히 대대장이랑 마주치면 바로 싸움 난다.'

박희재의 성격상 절대 가만히 있을 사람이 아니었다.

당장 찾아간다는 걸 여진수가 뜯어말리고 부대를 나왔을 게 안 봐도 뻔했다.

여진수와 이영훈이 담배를 피우며 기다리는 사이, 기다리는 문성주보다 배식차가 먼저 도착했다.

그것을 본 대한이 말했다.

"식사 먼저 하시죠. 애들 데리고 내려오겠습니다."

"그래, 밥 받아 놓을게."

"감사합니다."

대한은 강당에 있는 병력들의 식사 통제를 한 후 벤치에 자리를 잡은 두 사람에게 이동했다.

이영훈이 식판을 벤치에 놔두고는 불평하기 시작했다.

“밖에서는 차라리 주먹밥 먹는 게 좋을 것 같습니다. 이게 뭡니까.”

“왜 느낌 있고 좋잖아.”

“……밖에서 오랜만에 드셔서 그런 말씀 하시는 겁니다. 지금 바람이 안 불어서 그렇지 바람 불면 먼지 들어가고 얼마나 서러운지 아십니까?”

“네가 이해해라. 식당까지 왔다 갔다 하는 것도 일이잖냐.”

부대가 가까웠지만 그래도 차량으로 이동했다가 다시 나오려면 그건 그것대로 시간이 오래 걸렸다.

차라리 이렇게 밥을 먹고 조금 더 쉬는 게 좋을 터.

그래도 열악한 환경인 건 사실이었다. 그래도 다행인 것은 병력들은 강당에서 밥을 먹는다는 것.

‘면장한테 물어보길 잘했지.’

애초에 협조를 안 했기 때문에 부탁을 할 수밖에 없었다.

하지만 갑작스러운 영천시장의 등장에 쉽게 강당을 얻을 수 있었고 덕분에 병력들 또한 편하게 휴식을 취할 수 있었다.

“크어…….”

국물을 쭉 들이켠 이영훈이 자기도 모르게 걸쭉한 소리를 냈고 그것을 본 여진수가 어이가 없다는 듯 이영훈을 쳐다봤다.

“너 뭔가 국 마시는 바이브가 좀 해장 바이브 같다?”

“커흠흠…… 국이 시원합니다. 얼른 드셔보십쇼.”

“아까 회의실에서 술 냄새나는 것 같던데 착각이 아니었네.”

“아하하, 오늘 국 간이 참 잘됐네.”

이영훈은 여진수의 말을 무시한 채 식사를 이어 나갔다.

대한은 두 사람을 보며 피식 웃은 뒤 뒤늦게 식사를 시작했다.

그때, 주차장으로 용달차 한 대가 들어왔다.

용달차 기사는 창문을 내리고는 두리번거렸고 이내 대한의 무리를 보며 말했다.

“여, 퀵 받으이소.”

“면사무소 오신 거 아닙니까?”

“아니라예, 군인들한테 온 겁니다.”

군인이란 말에 대한은 오정식이 보낸 부식이라는 걸 알아채고는 서둘러 용달차로 갔다. 그런데 짐칸에 실린 것들을 보고 순간 입을 다물 수밖에 없었다.

‘이 자식이 적당히 보내라니까.’

짐칸 가득히 실린 치킨과 피자.

대한은 적당히 알아서 보내라고 한 걸 후회했다.

이 정도면 마을 잔치해도 될 수준.

부식 규모를 본 대한이 얼른 여진수에게 보고했다.

“과장님, 저희 부식 왔습니다.”

“부식? 이제 올 거 없는데?”

“DH투자에서 왔습니다.”

"아, 그 지인분? 부대로도 보낸다더니 어떻게 여기까지 또 보내셨대. 애들 불러서 나눠 줘."

그 말에 대한은 벤치로 치킨 3마리와 피자 3판을 들고 왔고 그것을 본 여진수가 인상을 찌푸렸다.

"애들 나눠 주라니까? 우린 됐어."

"그게…… 수량으로 따지면 인당 치킨 한 마리랑 피자 한 판씩 먹을 분량이 왔습니다."

"뭐?"

"아마 출동한 다른 면사무소에도 이만큼 왔을 겁니다."

이미 출동할 곳의 주소들을 모두 알려 준 뒤였다.

여기만 이렇게 온 것이 아니었기에 다른 곳에 전달해 줄 수도 없는 상황.

대한은 이를 꽉 물었다.

'군대도 면제인 놈이 감히 악기바리를 시전해?'

대한은 어이없어 하는 여진수와 이영훈을 보며 어색하게 웃어 보일 뿐이었다.

✱

그 시각, 대한이 지원 갔던 마을에는 문성주와 이장이 마을 회관 앞에서 대치하고 있었다.

문성주는 이장을 노려보다 한숨을 내쉬며 말했다.

"삼촌, 사과하러 가시죠."

"내가 왜! 일하러 온 애들한테 내가 뭐, 못 할 말 했어?"

"도와주러 온 군인들 아닙니까! 하물며 요즘엔 돈 주고 일을 시켜도 삼촌처럼 하면은 안 돼요!"

"어디 어른을 가르치려 들어! 난 절대 사과 못 하니까 그렇게 알아! 그리고 사과는 멋대로 가 버린 그쪽에서 먼저 해야지!"

이장은 문성주에게 소리치고는 등을 돌렸다. 그러자 문성주가 참았던 화를 터트렸다.

"언제까지 그렇게 막 사시려고요! 그 성격 못 고치니까 그 나이 되도록 혼자지! 제발 조카 인생 망치지 말고 사과하러 갑시다. 예?"

"이 새끼가……! 삼촌한테 그게 무슨 말버릇이야, 어!"

이장은 문성주의 말에 몸을 돌려 그에게 성큼성큼 다가갔다.

"왜요? 때리시려고? 그래, 차라리 그것도 좋겠다. 쳐요. 내가 좀 쪽팔리더라도 삼촌 감옥 가는 게 낫지."

"이놈이……!"

주먹을 들어 올렸던 이장은 감옥이라는 말에 이내 주먹을 떨기 시작했다.

그것을 본 문성주가 어이가 없다는 듯 말했다.

"참 나, 감옥은 또 가기 싫어요?"

"사과할 생각 없으니까 그냥 가라."

"동네 어른들 보기 안 부끄러워요?"

"그런 거 신경 안 쓴다."

"하…… 진짜."

동네 어른들 보는 앞에서 소리 지르는 것도 한참.

이젠 더 이상 못 참았다.

이렇게 참아 주는 것도 한두 번이지.

결심을 마친 문성주가 차갑게 말했다.

"삼촌, 정말 사과 안 할 겁니까?"

"안 한다고!"

"지금 사는 집이랑 농사짓는 논, 누구 이름으로 돼 있는지는 알죠?"

움찔.

그러나 아무렇지 않은 척 대꾸했다.

"……사는 놈 거지 그게 무슨 상관이야."

"이제껏 사는 놈 생각해서 가만히 놔뒀는데 이젠 안 될 것 같네요."

"그게 무슨…… 너, 지금 무슨 말을 하고 싶은 거냐?"

"사과 못 할 것 같으면 당장 내일부터 철거하겠습니다. 논도 다 메꾸고 공원이나 만들어야겠어요. 여기 어른들 건강 챙기시라고."

절이 싫으면 중이 떠난다지만 중이 떠날 생각이 없어 보이니 절을 허물 생각이었다.

문성주의 말에 이장의 눈동자가 급격히 흔들리기 시작했고 상황을 지켜보던 주변 어른들도 그제서야 이장에게 한마디씩 하기 시작했다.

"쯧쯧, 내 저럴 줄 알았어."

"젊을 때 모으는 것 없이 한량같이 놀더니…… 꼴좋다."

"문 시장 있었으니까 우리가 이장시켜 줬지. 아니면 저런 양반한테 왜 이장 자릴 줬겠어?"

어르신들 반응을 보니 이미 여론도 돌아선 상황.

문성주가 마지막으로 경고했다.

"사과 안 할 거죠?"

"크흠……."

그래.

아무리 막 나가도 이젠 한계일 테지.

나이도 이만큼 자신 상황에 이제 와서 다른 마을 가서 살 순 없었으니까.

이장은 결국 백기를 들었다.

"……미안하다고만 하면 끝이냐."

"제대로 가서 사과하세요. 아님 다 철거시켜 버릴 거니까. 농담 아닌 거 알죠?"

"……알았다."

문성주는 끝까지 자존심 세우려는 이장의 자존심을 완전히 꺾어 놓았다.

그래야 또 이런 일이 안 생길 테니.

문성주는 먼저 차로 탑승하는 이장을 보며 한숨을 내쉰 뒤 주변 어른들에게 사과했다.

"시끄럽게 해서 죄송합니다."

"아이다! 문 시장이 뭐가 죄송하노."

"공무가 바쁠 텐데 얼른 가 봐라. 이장이야 원래 그런 사람 아이가."

"저것도 핏줄이라고 고생이 많데이…… 우리가 알아서 할 테니까 얼른 가봐라."

문성주는 어른들에게 허리 굽혀 인사한 후 차로 이동했다.

⁂

"와, 더는 못 먹는다. 남은 거 챙겨서 병영식당에 가져다 놓자. 그럼 알아서 먹겠지."

"꺼억…… 예, 맞습니다. 단 인원들이랑 취사병 인원들이 다 먹어 줄 겁니다."

식전이라면 모를까.

아니 애초에 굶었어도 한 사람당 피자 한 판과 치킨 한 마리는 무리였다.

그래서 뜯지도 않은 치킨과 피자가 잔뜩 남았고 이영훈과 여진수는 남은 것들 모두 부대에 짬시키기로 했다.

대한도 부른 배에 힘겹게 대답했다.

"하아, 알겠습니다. 여기 남은 거랑 애들이 가져간 것들 확인해서 차에 시동 걸어 놓고 안 상하게 챙겨 두겠습니다."

"그래, 난 여기서 좀만 더 움직이면 토할 것 같으니 부탁 좀 할 게, 대한아."

그때였다.

문성주의 차가 면사무소 주차장으로 들어온 건.

"과장님, 시장 왔습니다."

"하, 하필 이때……."

고통스러워하던 여진수와 이영훈은 서둘러 먹은 자리를 치운 뒤 언제 그랬냐는 듯 진지한 표정으로 문성주를 기다렸다.

이윽고 차에서 문성주가 차에서 내리며 여진수에게 말했다.

"이장 데리고 왔습니다. 아까 마을에 계셨던 병사분들은 어디 있습니까?"

"지금 면사무소 2층 강당에 모여 있습니다."

"올라가서 사과를 드려야겠네요. 삼촌, 내리세요."

문성주의 말에 그제서야 썩은 표정으로 차에서 내리는 이장.

그 모습을 본 이영훈이 여진수에게 조용히 속삭였다.

"확실히 성질 드럽게 생겼습니다."

"야, 사람 외관 보고 판단하는 거 아니야. 근데 좀 그렇게 생기긴 했다."

"그러게나 말입니다."

여진수와 이영훈은 이장의 사과와 아무 관련이 없는 사람이었기에 자리에서 움직이지 않았다.

움직인 건 대한뿐.

대한이 이장에게 다가가 말했다.

"이렇게 온 거 진심으로 사과하십쇼. 애들이라고 대충할 생각하지 마시고."

진심이었다.

만약 오늘 제대로 된 사과를 받지 않으면 병력들은 그저 군인이란 이유만으로 이런 치욕을 겪어야 했다고 기억할 테니까.

대한은 병사들에게 나쁜 기억을 심어 주고 싶지 않았다.

'강제로 끌려온 애들이다, 좋은 추억은 못 만들어 주더라도 나쁜 추억은 없어야지.'

대한과 이장을 데리고 2층 강당으로 이동했고 이장의 등장에 강당은 순식간에 조용해졌다.

아니, 경계했다.

당연했다.

그런 폭언을 들었는데 어찌 곱게 볼 수 있을까?

이장은 병력들의 앞에 한참을 말없이 서 있었다.

자기 잘난 맛에 살던 인간이었는데 이렇게 사과하려고 하니 어지간히도 쪽팔렸던 모양.

한참 침묵하던 이장은 몇 분이 더 지난 뒤에야 기어가는 목소리로 입을 열었다.

"그…… 미안하다."

뭐야.

설마 이게 끝이야?

대한은 뒷말을 기다렸지만 이어지는 말은 없었다.

이에 강당 안에 있는 모든 인원들이 얼빠진 표정을 짓고 이길 잠시.

이장이 대한에게 말했다.

"이제 됐지?"

"그게 무슨 사과……."

"뭐가 됐습니까. 그게 사과입니까?"

그때였다. 분노한 박태현이 자리에서 일어난 건.

"뭐?"

박태현이 따지고 들자 화난 이장이 또 다시 박태현에게 쏘아붙이려고 했고 그 모습을 본 대한도 더는 못 참겠는지 대신 언성을 높였다.

"이장님!"

대한의 큰 목소리.

그 모습에 이장은 물론 병사들 전부가 놀란 눈으로 대한을 보았다. 대한이 이렇게까지 큰소리를 내는 건 처음 본 것 같았기 때문이다.

이어서 대한이 조곤조곤한 목소리로 말했다.

"이 자리에 지금 사과하러 오신 거 아닙니까? 내려가서 사과 이딴 식으로 했다고 가서 말씀드려요?"

그 말에 이장의 기세가 한풀 꺾였다.

안 그래도 시장 무서워서 온 건데 이러면 안 됐으니까.

이장이 화를 참으며 물었다.

"그럼? 사과를 어떻게 해야 되는 건데?"

뭐야, 이 인간?

살면서 사과 한 번 안 해 봤나?

그러나 문득 그럴 수도 있겠다는 생각이 들었다.

상대는 나이 많은 노인.

세 살 버릇 여든까지 간다고 했는데다 세상엔 생각보다 무례한 사람이 많았으니까.

대한이 한숨을 내쉬며 말했다.

"본인이 뭘 잘못했는지 말하고 상대방에게 어떤 피해를 주었는지, 얼마나 반성하고 어떻게 이 일을 책임질 건지 말씀하시면 됩니다. 미안하다고 말만 하는 게 어떻게 사과입니까, 상대가 용서해 줘야 그게 사과지."

"뭘 그렇게까지 또……."

"그래서, 안 하신다고요?"

대한의 다그침에 이장은 입을 삐쭉 내밀었다.

시장이 뭐라고 말했는진 모르겠지만 눈치를 제대로 보는 모양.

이내 곧 얼마 동안 침묵이 이어졌고 마침내 이장이 입을 열었다.

“……도와주러 온 병사들한테 막말했고 마음에 상처를 줘서 미안하다. 다신 그러지 않겠다고 약속한다.”

이장이 병사들을 어렵게 둘러보며 말했다. 하지만 대한은 여전히 만족하지 못했다.

“그게 답니까?”

“그럼?”

“운전병 강제로 끌고 가서 일시키신 거랑 저기 분대장 친구한테 윽박지른 것도 사과하십쇼.”

“후…….”

이장의 얼굴이 금방이라도 터질 것처럼 붉어졌다.

하지만 그는 한 번 더 인내하고 운전병을 찾아 사과했다.

“멋대로 일시켜서 미안하다. 그리고…….”

이어서 박태현에게 시선을 옮겼다. 그리고 한참을 우물쭈물거리더니 대한에게 작게 말했다.

“……저 친구한테는 내가 따로 사과하지.”

“그냥 이 자리에서 하고 치우시죠?”

“그…… 내가 따로 해 주고 싶은 말이 있어서 그래.”

“아, 예…… 뭐 알겠습니다.”

무슨 꿍꿍이지?

그 말에 박태현이 고개를 끄덕였고 대한은 2층의 빈방에 두 사람을 위한 자리를 따로 마련해 주었다.

방을 나가기 전 대한이 박태현만 들리게 작게 말했다.

"무슨 일 있으면 바로 불러."

"예."

이윽고 대한이 나갔고 이장은 어색한 모양새로 한참을 우물거리더니 이내 곧 입을 열기 시작했다.

"그…… 실은 내가 젊었을 때 부사관을 했었다. 오래 복무하진 않았지만."

그 말에 박태현의 눈에 놀라움이 깃들었다.

이 인간 부사관 출신이었어?

그래서 그렇게 뭐라고 한 거구만.

허나 대꾸하지 않고 가만히 이장을 응시했고 이장도 시선을 의식했는지 계속해서 말을 이어나갔다.

"당시에는 애들 잡고 윽박지르면 잘하는 줄 알았어. 실제로 칭찬도 많이 받았으니까. 근데 계속 윽박만 지르니까 병사들이 슬슬 말을 안 듣더라고, 무시하고 말대꾸하고…… 그래서 쥐어 패고 전역해 버렸지."

박태현은 가만히 그의 말을 경청했다. 더 이상 그에게 무례함은 보이지 않았으니까.

"지금 생각해 보면 일찍 나온 게 다행이었어. 안 그랬음 계속 그렇게 살았을 테니까. 내가 지금 이런 말을 하는 이유는…… 아까 들어보니까 네가 부사관 한다고 하길래 따로 부른 거야."

"아 예, 뭐……."

"너는 부사관 잘하겠더라. 애들 대신 목소리도 내줄 줄 알고…… 나도 너처럼 군 생활했으면 지금쯤 연금 타 먹으면서 살았을 텐데…… 흠흠, 아무튼 아까 일은 미안하다. 아무리 그래도 밑에 애들 보는 앞에서 제일 높은 놈 까면 안 되는 건데 이제 좀 정신이 드는 것 같네."

이장의 진심 어린 사과.

여전히 반말이었지만 그래도 그가 어떤 사람인지 알았기에 반말이 거슬리기보다 사과에 초점이 맞춰져 마음이 좀 풀렸다.

"알겠습니다."

"그…… 이제 좀 괜찮나?"

"예, 충분합니다. 근데 저한테 사과하신 김에 저희 소대장님한테도 사과해 주셨으면 합니다. 애들 보는 앞에서 욕하신 건 저뿐만이 아니잖습니까."

"……알겠다."

박태현은 밖에서 대기하고 있는 대한을 불렀고 이장은 박태현 때와 마찬가지로 다시 한번 진심어린 사과를 했다.

'진작에 이럴 것이지.'

만족스러웠다.

대한은 그제서야 이장과 함께 1층으로 내려갔고 두 사람이 내려오자마자 긴장하고 있던 문성주가 다가와 물었다.

"저…… 김 소위님, 사과는 잘 받으셨습니까?"

"예, 잘하시던데요?"

"아유, 다행입니다."

잘 풀렸다는 말에 문성주가 그제서야 이장의 어깨를 다독이며 말했다.

"진작에 좀 이러시지. 다음부턴 이러시면 안 됩니다."

"……알겠다."

이장은 민망했는지 먼저 문성주의 차에 가서 몸을 실었고 문성주는 다시 한번 모두에게 고개 숙여 사과했다.

"이번 일에 대해서 다시 한번 영천을 대표하여 사과의 말씀을 드립니다."

"아닙니다. 이렇게라도 잘 해결되었으니 다행입니다. 바쁘실 텐데 먼저 가 보셔도 됩니다."

"네, 그럼."

문성주는 떠나기 전, 그제서야 면사무소 직원들을 제대로 독려해 주었고.

문성주가 자리를 비운 사이, 그제서야 여진수가 넌지시 물었다.

"사과는 정말 제대로 했냐?"

"예, 생각했던 것보다 더 잘 받았습니다. 들어 보니 부사관 출신이었다고 합니다."

"그래서 더 꼬장부렸구만. 이래서 아는 놈들이 더 무섭다니까."

"예, 뭐…… 과장님 그럼 저흰 일하던 마을만 마무리 짓고 오겠습니다."

"그래. 어차피 복귀시킬 것도 아니었고 하던 건 마저 해야지."

"신경 써 주셔서 감사합니다. 과장님."

"감사는 무슨, 덕분에 오랜만에 지인들이랑 통화도 하고 재밌었다."

"하하, 바로 복귀하십니까?"

"들어가야지. 내가 한가한 사람은 아니잖아?"

"알겠습니다. 그럼 조심히 복귀하십쇼!"

"그래, 먼저 간다. 1중대장도 고생하고."

이내 곧 여진수가 떠났고 대한은 곁에 선 이영훈에게 말했다.

"중대장님도 같이 가십니까?"

"내가 거길 왜 가?"

"아까 오후엔 일 도와준다고 하지 않으셨습니까."

"아, 왜. 좀 봐줘라."

"가면 할머니들이 막걸리 많이 주십니다."

"……그래?"

"중대장님이 제 몫까지 다 드시고 중대장님이 하셔야 할 일은 제가 다 하겠습니다. 가서 병력들 지원만 좀 해 주십쇼."

"으흠…… 그럼 그럴까?"

"감사합니다. 중대장님. 운전병한테 주소 말해 놓겠습니다."

"그래, 밥도 많이 먹었는데 소화도 시킬 겸 소대장이나 도와

줘야겠다."

대한과 이영훈은 낄낄대며 출동 준비를 시작했다.

그때, 독려를 마친 문성주가 다시 나타나 대한에게 말을 붙였다.

"다시 지원 나가시는 겁니까?"

"예, 하던 건 마저 해야 되지 않겠습니까. 아, 그러고 보니 이장님도 다시 마을로 가셔야 되지 않나요?"

"예, 그렇긴 한데……."

"그럴 거면 이장님은 그냥 저희랑 같이 이동하시죠. 시장님 바쁘신데 괜히 시간 뺏는 것 같아 신경 쓰입니다."

"아휴, 아닙니다. 신경 써 주셔서 감사합니다."

"그러지 말고 소대장 말대로 하시죠, 그게 더 나을 것 같아 보입니다."

이영훈까지 가세하자 문성주는 그제서야 슬며시 고개를 끄덕였다.

"그럼 그럴까요?"

문성주가 얼른 가서 이장에게 말을 전달했으나 이장은 단칼에 거절했다.

아마 민망함 때문이겠지.

그에 문성주가 조용히 속삭였다.

"삼촌, 집이랑 논."

"……."

고분고분 차에서 내리는 이장.

그런 다음 대한에게 쭈뼛거리며 다가와 물었다.

"뒤에 타라고?"

"예, 근데 방탄 쓰셔야 하는데…… 일단 제 방탄 쓰십쇼."

대한은 소위 계급장이 달린 방탄모를 이장에게 건네며 말했다.

"진급 축하드립니다. 뒤에 타셔서 가는 동안 군 선배로서 애들한테 재미있는 이야기라도 좀 해 주시면서 오십쇼."

"진급은 무슨…… 부사관이 어떻게 장교로 진급을 하나……."

말은 그렇게 하지만 별로 싫어하진 않는 기색.

이윽고 각자의 차량들이 출발했고 마이티 뒷자리엔 군인 할아버지의 옛날이야기에 활기가 돌았다.

⁕

하루 만에 안 끝날 줄 알았던 작업은 탄력이 붙어 금세 끝났다.

덕분에 남은 시간을 활용해 술판이 벌어졌는데 그 스타트를 끊은 사람은 다름 아닌 이장이었다.

"이거 내가 미안해서 가져온 건데……."

이장이 가져온 건 다름 아닌 담금주. 이영훈은 그것을 흔쾌히 받아들였고 덕분에 분위기는 금세 뜨거워졌다.

특히 옥지성이 가장 뜨거워졌다.

"키야! 중대장님! 저 한 잔 만 더 주시면 안 되겠습니까?"

"아 당연히 되지! 근데 너 웃통은 갑자기 왜 벗냐?"

"몸에 열이 올라서 안 되겠습니다. 그리고 원래 이런 자리에서 한 명은 탈의해 주는 게 국룰입니다. 실미도 못 보셨습니까?"

"너 그러다 풀독 오른다. 쯔쯔가무시라고 알어, 어?"

"담금주 먹으면 다 소독됩니다."

화기애애하게 이어지는 술자리.

하지만 대한은 한 잔도 먹지 않았다.

못 먹는 게 아니라 일부러 먹지 않았다.

누군가는 맨정신에 보고를 올려야 했으니까.

'박희재 성격상 술 마신 걸로 뭐라고 하진 않겠지만 격려 차 내려왔다가 이 꼬라지를 보면 얼마나 어이가 없을까?'

그래서 자신만이라도 안 마시는 것.

그렇게 술자리가 이어지던 와중이었다.

대한이 밖에 잠시 나온 사이, 이장이 조용히 따라와 대한에게 붙었다.

"저…… 김 소위?"

"예, 이장님."

이장도 술을 꽤 자셨는지 얼굴이 붉다. 하지만 취한 것 같아 보이진 않았다.

이장이 말했다.

"그…… 고맙네."

그 말에 대한이 피식 웃었다.

"아닙니다."

"아니긴…… 오전에 있었던 일은 내 다시 한번 사과하겠네."

"이제 그만 사과하셔도 됩니다. 자꾸 이러시면 민망해서 또 지원 못 나옵니다. 물론 저희는 자주 안 뵙는 게 제일 좋은 거지만요."

여길 다시 온다는 건 마을이 군인 손을 빌려야 할 만큼 큰 피해를 입었다는 말일 테니까.

이장도 그 말뜻을 알았는지 조용히 웃으며 고개를 끄덕였고 마지막으로 화해하자는 의미에서 투박한 손을 내밀어 악수를 청했다.

대한은 그 손을 거부하지 않았고 두 사람은 기분 좋게 악수를 나누었다.

복무 시기는 달랐지만 왠지 모르게 전우애가 느껴졌다.

✻

그로부터 1시간 뒤, 대한은 부대에 복귀하자마자 바로 병영식당으로 호출당했다.

병영식당에는 박희재가 대한을 기다리고 있었는데 박희재

는 대한을 보자마자 난생 처음 보는 표정을 지으며 말했다.

"대한아."

"예, 대대장님."

뭐지.

뭔데 저런 표정을 짓는 거지?

불안감이 엄습하려던 그때.

"내가 군 생활하면서 이렇게 많은 한우를 받아 본 건 처음이다."

"……예?"

대한의 되물음에 박희재가 냉장고 문을 열어 내부를 보여주었고 그 안에는 예쁘게 포장된 영천 한우들이 벽돌처럼 차곡차곡 쌓여져 있었다.

그리고 그 위에는 'DH투자'라고 적힌 띠가 둘러져 있었고.

그것을 본 대한의 눈이 휘둥그레 커졌다.

"어, 어?"

"보내 주신 분한테 말씀은 들었다. 너랑 아주 막역한 사이시라고. 그러니 절대 부담 갖지 말라고 하시더라. 고맙다, 대한아. 덕분에 부대 전체가 한우 회식하게 생겼다."

그 말에 대한은 순간 할 말을 잃고 말았다.

'오정식 이 새끼가……!'

순간 혈압이 솟구치는 대한이었다.

Chapter 3

이게 대체 다 얼마야?

이 자식이 자기 돈 아니라고 진짜……!

피자랑 치킨도 그렇고 미친놈 아냐?

대한은 한우 값을 계산하던 끝에 그냥 셈을 포기해 버렸다.

계산해 봤자 이만 꽉 물게 될 테니까.

'후, 좋게 생각하자. 다른 사람도 아니고 같은 부대 사람들인데.'

그때였다.

여진수가 조심스레 다가와 박희재에게 말한 건.

"저, 대대장님."

"응, 말해."

"고기가 생각했던 것보다 훨씬 많습니다."

"얼마나 많은데?"

"헤아려 보니 200kg이 넘습니다. 그럼 단순 셈을 해도 병력당 1kg는 먹어야 하는데 그건 너무 많지 않겠습니까?"

"그건…… 그렇지. 그렇다고 한우를 얼리자니 그건 한우에 대한 예의가 아니고."

박희재는 잠시 고민하더니 대한에게 물었다.

"대한아."

"예, 대대장님."

"이번 기회에 단장한테 생색 한번 내 볼래?"

"제가 말씀이십니까?"

"그럼 누가 내? 이거 다 네 지인이 준 건데."

"아니, 그래도 제가 어떻게 단장님한테 생색을……."

"그건 내가 알아서 할게."

안 봐도 뻔했다.

보나마나 부하 자랑 겸 이 기회에 본인이 크게 생색 한번 내 보려는 거겠지. 근데 그거…….

'나쁘지 않은데?'

따지고 보면 대한은 한우만 제공하는 거니 생색으로 욕을 먹어도 대대장만 먹을 테니까.

대한이 얼른 고개를 끄덕였다.

"예, 알겠습니다. 그럼 대대장님만 믿겠습니다."

"오냐, 나만 믿어라. 회식은 오늘 말고 대민지원 끝나면 하자. 아직은 어수선하니까."

이윽고 박희재가 떠났고 여진수가 다가와 말했다.

"넌 그 회사 대표 목숨이라도 구해 줬냐? 아까 현장에서도 그만큼 지원받더니 이번엔 한우? 솔직히 말해. 그 대표 여자지?"

여자라…….

너무 퍼 주다 보니 이런 오해도 받게 되는군.

대한은 오정식의 얼굴을 떠올리며 고개를 저었다.

"절대 아닙니다."

"그럼 남자야? 참고로 난 편견 없다."

"아, 그런 거 아닙니다. 진짜."

"후후, 아님 말고. 근데 그 정도 인맥을 보유하고 있다니, 넌 꼭 내가 끼고 다녀야겠다."

"인맥은 과장님이 더 대단하시지 않습니까?"

"나한테 한우 이만큼 보내 줄 인맥은 없어. 그런 의미에서 네가 내 밑에서 중대장 하면 참 재밌겠다야. 안 그래?"

"하하, 딱 기다리고 있겠습니다."

농담처럼 말했지만 여진수는 진심이었다.

굳이 이런 인맥이 아니더라도 이번 대민지원 건을 통해 여진수는 대한이 얼마나 쓸 만한 놈인지 다시 한번 확인할 수 있었으니까.

여진수가 웃으며 말했다.

"그런 의미에서 미래의 중대장한테 내가 특별 퀘스트를 하나 내려주겠다."

"갑자기 말씀이십니까?"

"원래 사람은 굴려야 빨리 커."

"어, 어떻게 말씀이십니까?"

뭐야, 갑자기 왜 이래?

대한이 불안한 표정을 짓자 여진수가 특별지시를 내리기 시작했고 얼마 뒤, 대한의 표정이 시시각각으로 변하기 시작했다.

✵

다음 날 대민지원.

마을만 바뀌었고 하는 일은 똑같았다.

아니, 바뀐 건 하나 더 있었다.

그건 바로 소대원들의 상태.

"아…… 대가리 깨질 것 같다."

"막걸리 병만 봐도 토할 것 같습니다."

전날 벌였던 술판의 여파였다.

심지어 중대장의 배려로 20시에 취침을 시켰지만 그래도 상태가 안 좋은 건 매한가지였다.

그래도 일은 했다.

몸이 아파도 할일은 해야 했으니까.

점심시간이 지났을 무렵, 여유 있게 일을 마무리 지을 수 있었고 대한은 병사들을 데리고 여유로이 복귀할 수 있었다.

"자, 슬슬 가서 회식 준비하자."

"예! 알겠습니다!"

무려 한우 회식이다.

박희재는 대민지원 출발 전에 이 사실을 병력들에게 알렸고 덕분에 병사들은 사기가 높아질 대로 높아 힘차게 대민지원에 나갈 수 있었다.

그래서일까?

대한이 부대에 복귀했을 때쯤, 다른 팀도 거의 비슷하게 부대로 돌아왔다.

이윽고 복귀한 병력들에 의해 회식 준비가 시작됐고 대한 또한 회식 준비를 위해 간부연구실로 이동했다.

사실 대한이 할 건 딱히 없었다.

부대 회식은 사실상 행정보급관들의 자존심 싸움이었으니까.

예컨대 회식이 이루어지면 박희재가 돌아다니며 병력들을 격려할 텐데 그 과정에선 자연스럽게 중대별로 비교가 이루어질 수밖에 없을 테니까.

이럴 땐 괜히 도와준다고 까불거리는 것보단 다른 일을 찾아 하는 게 나왔다.

'그리고 난 때마침 할 일도 있고.'

대한은 미리 작업해 두었던 파일을 프린트한 후 회식 준비가 한창이 강당으로 이동했다.

그런 다음 강당에 도착하자마자 바로 단상으로 올라가 마이크를 확인했다.

"아아, 하나둘. 하나둘."

"이상 없습니다!"

"오케이. 좀 있다가 회식 시작하기 전에 마지막으로 한 번만 더 확인해 줘."

"예, 알겠습니다. 근데 소대장님, 오늘 인사과장님 어디 가십니까? 진행 안 하신다고 하던데……."

"그거 내가 한다."

"잘못 들었습니다?"

"내가 한다고."

여진수가 내린 특별 퀘스트.

다름 아닌 회식 자리 사회 보기.

이게 무슨 특별 퀘스트인가 싶었지만 여진수는 대한이 만능 중대장이 되었으면 했다.

그거랑 이게 무슨 상관이냐고 하려다 그냥 말을 말았다.

까라면 까야지.

그게 군대니까.

물론 자신은 있었다.

전생에 회식 자리 사회자를 몇 번이나 해 본 게 대한이었으니까.

그때, 대한이 미리 준비한 물건이 강당으로 들어왔다.

"안! 전! 제! 일! 야, 똑바로 들어!"

"다 왔다, 다 왔어. 힘내!"

"소대장님! 이거 단상에 올립니까?"

소대원들이 힘겹게 들고 오는 물건을 보고 대한이 씨익 웃었다.

"고생했다. 중앙으로 가지고 올라와."

이제 준비는 모두 끝났다.

✵

회식 시작 10분 전.

이원영과 박희재가 단장실에서 잠시 티타임을 가졌다.

"야, 부대에서 소고기 먹어 본 적 있냐."

"있겠냐. 심지어 한우 꽃등심이라며?"

"그럼. 우리 소대장 지인이 준 건데 어설픈 거 줬을까 봐."

"하……."

이럴 줄 알았음 육사 말고 학군 위주로 받을 걸.

누가 알았겠는가?

학군 중에 이 정도 에이스가 있었을지.

이미 놀릴 대로 놀린 박희재였다.

그렇기에 이원영의 표정은 어둡기 그지없었고 그 표정을 본 박희재가 흐뭇한 표정으로 말했다.

"설마 이제 와서 학군 쪽 애들 좀 받을 걸 하고 후회하는 건 아니지?"

"어떻게 알았냐?"

"축구 인원도 빼가는 놈이 그거 하나 예상 못 할까, 근데 네 밑으로 들어간다고 다 잘하겠냐. 이게 다 좋은 지휘관을 만나서 가능한 일이지."

"걔가 잘하는 거지, 네가 잘하는 거냐? 들어 보니까 알아서 잘하고 있더만."

"오호, 그래도 관심은 좀 있나 보네?"

"관심은 무슨…… 보고가 올라오니까 듣는 거고 하필이면 내 기억력이 좋은 걸 어떻게 하냐."

"그래?"

그 말에 박희재가 찻잔을 내려놓으며 말했다.

"그럼 기억력 좋으니까 잘 들어. 대한이 인사 통 된다고 하더라."

"인사? 작전 말고?"

"그래, 생각 잘한 거 같지 않냐?"

"그래도 군인이 진급하려면 작전 쪽에 있어야지. 너 설마 안 말렸냐?"

"후배의 선택을 내가 왜 말리냐? 바로 보직 관리하는 후배 소개해 줬다."

"이야…… 그놈 그거 소령으로 전역하겠네."

"야, 친구야. 진짜 그렇게 생각하냐?"

"뭐가?"

"너나 나나 작전으로 여기까지 올라오긴 했다지만 솔직히 공병이 작전에서 무슨 쓸모가 있냐?"

"야, 군대서 작전을 빼면 뭐가 남는다고 그런 말을 해?"

"그 말은 맞는 말이지. 근데 우린 공병이잖아. 너 육사 나와서 공병 온 거 후회 안 해?"

"크흠……."

솔직히 후회했다.

공병이 육군에서 받는 대우는 그렇게 좋은 편이 아니었으니까.

물론 지뢰, 폭파 및 특수 임무를 수행하는 전투병과치곤 대우가 인색하다 할 수 있겠지만…….

'공병은 대규모 지휘를 할 수가 없다.'

여기서 말하는 대규모 지휘란 보병, 포병, 기갑병과의 운용이었다.

장군이 되면 병과 마크는 사라진다.

이는 병과 구분 없이 대우받아야 한다는 뜻도 있었지만, 더 중요한 이유가 있었다.

바로 모든 병과를 통달한 사람이라는 것.

보병, 포병, 기갑의 경우 수시로 합동훈련을 하며 각 병과의 운용무기와 전술에 대해 해박할 수밖에 없었다.

물론 공병도 합동훈련에서 제외되는 건 아니었지만 가장 중요한 전투에서는 배제될 수밖에 없었다.

'전쟁이 시작되면 전방 개척임무를 하고 개척임무 이후 엄호 및 후방지원으로 임무가 바뀌니까.'

이런 이유로 절대 훈련의 주축이 될 수 없었고 장군이 되더라도 보병 대령보다 지휘력이 부족했다.

그렇기 때문에 공병으로 진급할 장군 자리는 기껏해야 한두 자리.

육군사관학교를 지원하면서 중령, 대령까지만 하고 전역하겠다고 생각하는 사람은 아무도 없었다.

장교가 되기 위해 열심히 준비하는 생도들 전원이 장군을 꿈꾸고 있었고 이는 이원영도 마찬가지였다.

박희재의 말에 이원영이 침음을 삼키자 박희재가 그를 위로하며 말했다.

"어차피 우리 둘 다 전역해야 할 마당에 후배 잘 끌어 주자고 한 소리야. 마음 쓰지 마라."

"알아, 자식아. 근데 듣고 보니 그렇게 따지면 인사 쪽으로 크는 것도 나쁘지 않은 것 같네. 오히려 더 좋은 방법이야."

"그렇지? 그래서 말인데 이번에 소고기 얻어먹은 김에 인사 쪽 후배나 하나 소개해 줘라."

"그놈이 어지간히도 마음에 드는가 보네. 그렇게 인맥 싫어하던 놈이 인맥 만들어 달란 말도 다 하고."

"오는 게 있으면 가는 것도 있어야지. 내가 그놈한테 받은 게 한두 개가 아니야."

"아, 받은 게 많으세요? 뇌물 받아 처먹을 놈은 아니고 보니까 나한테 떵떵거릴 수 있는 걸 많이 받은 것 같은데……."

이원영이 박희재를 째려보자 박희재가 허허 웃으며 자리에서 일어났다.

"허허, 이제 그만 가시죠. 단장님, 소고기 기다립니다."

"새끼, 자기 편할 때만 상급자 대우야."

"제가 맛있게 구워 드리겠습니다. 레어? 미디움? 말만 하십쇼."

두 사람은 무거운 이야기를 가볍게 털어 버리고는 동네 친구처럼 장난을 치며 강당으로 향했다.

잠시 후, 강당 앞에 도착한 박희재가 땀을 뻘뻘 흘리고 있는 박태록을 발견했다.

"더운데 여기서 뭐 합니까?"

"아, 충성. 대대장님 오셨습니까."

"예, 방금 도착했는데…… 오, 이거 숯 아닙니까?"

"하하, 좋은 고기인데 그냥 불판에 구워 먹을 순 없지 않습니까.”

“이야, 역시…… 설마 중대 애들 것까지 다 만들고 계시는 겁니까?”

“그건 현실적으로 좀 불가능할 것 같습니다. 이건 단장님이랑 대대장님 드시라고 만들고 있는 겁니다.”

박태록의 말에 박희재가 광대를 들썩이며 곁에 선 이원영의 옆구리를 쿡 찌르며 말했다.

“이야, 단장님은 좋으시겠습니다. 저희 대대 간부가 이런 것도 다 만들어 주고.”

“하하. 두 분 들어가 계십쇼. 준비되는 대로 바로 가지고 들어가겠습니다.”

실시간으로 썩어 가는 이원영의 얼굴.

이젠 인정해야만 했다.

부하 복은 박희재가 더 많다는 걸.

이윽고 강당에 도착한 두 사람은 병력들을 살폈다.

다들 싱글벙글이다.

그렇겠지.

그냥 회식도 좋아죽는 놈들인데 이번엔 무려 한우였으니까.

그때, 두 사람의 시야에 무엇인가가 포착됐다.

“저게 뭐냐?”

“노래방 기계 같은데?”

“네가 왜 몰라? 너희 대대에서 준비한 거 아냐?”

"알아서들 준비 잘하는데 일일이 보고 받을 필요 없잖아? 난 이런 사소한 것까진 보고 안 받는다."

두 사람이 단상에 있는 노래방 기계를 보고 의문을 가질 그때, 누군가 단상 위로 올라와 마이크를 잡았다.

"아아. 그럼 지금부터 공병단 회식을 시작하겠습니다!"

"와아아아!"

게임 행사 MC처럼 마이크를 잡고 한껏 텐션을 올리는 사람.

다름 아닌 대한이었다.

대한을 본 박희재와 이원영의 얼굴에 다시 한번 희비가 엇갈린다.

쏟아지는 병력들의 함성.

그 열기에 박희재가 눈썹을 들어 올렸고 이원영의 표정이 썩어들어 갔다.

이윽고 여진수가 달려와 박희재에게 마이크를 건네며 말했다.

"대대장님. 마이크 여기 있습니다."

"어, 그래. 그나저나 정작과장? 저 노래방 기계는 왜 들고 온 거냐?"

"아, 김 소위가 즐거운 회식 한 번 만들어 본다고 챙겨 왔습니다."

"크으, 역시. 벌써부터 기대가 되는구먼."

이윽고 박희재를 발견한 대한의 말이 이어졌다.

"본격적인 회식 시작에 앞서 이 자리를 만들어 주신 대대장님의 말씀이 있겠습니다."

병력들은 박희재의 이름을 외치며 환호했고 박희재가 주변에 손을 몇 번 흔들어 준 뒤 마이크에 대고 말하기 시작했다.

"에…… 다들 대민지원 하느라고 고생 많았다. 아직 모든 게 끝난 건 아니지만 더 힘내라고 격려하는 차원에서 만들어 준 자리니까 최선을 다해 즐길 수 있도록. 그리고 오늘 먹는 고기는 지금 사회를 보고 있는 김대한 소위의 지인이 고생한다고 보내 준 거니까 나중에 김대한 소위한테 잘 먹었다고 말하면 된다."

"김대한!! 김대한!!"

"잘생겼다!!"

"최고다!!"

흡사 종교를 방불케 하는 외침.

이윽고 식사 통제가 시작됐고 대한의 안내와 동시에 병사들이 허겁지겁 불판 위에 한우를 올리기 시작했다.

치이익!

강당 안에 고기 굽는 냄새가 퍼진다.

비록 불판 하나에 4명이 붙는 탓에 한 번에 구울 수 있는 양이 얼마 안 됐지만 그래도 삼겹살이 아니라 소고기여서 다행이었다.

"소고기는 핏기만 가시면 먹어도 돼."

"그 정도면 육회 아닙니까? 아니, 고기 아직 차갑습니다. 좀 익혀서 드십쇼!"

"타다끼 이 새꺄, 타다끼."

"아니 고기가 타다끼용 고기가 아닌데 무슨 타다낍니까?!"

그래도 마냥 좋았다.

인당 한 근은 먹을 수 있게 넉넉히 고기를 돌렸으니까.

그렇게 식사 시간이 이어지길 얼마간, 대한은 적당한 타이밍에 다시 마이크를 잡았다.

"자, 자, 먹으면서 동시에 즐겨주셔야 할 게 있습니다. 그것은 바로 전우들의 장기자랑 시간입니다!"

물론 사전에 준비된 건 없다.

여진수가 자신에게 맡긴 건 단순한 사회 정도.

레크리에이션은 바라지도 않았다.

하지만 자신이 누구고 여기가 어딘가?

군 생활 2회차의 고인물에게 군대라는 환경만 주어지면 모든 걸 해결할 자신이 있었다.

'내가 상급자들한테 잘 보이려고 안 해 본 게 없는 사람이야. 이 정돈 껌이지.'

아니나 다를까, 장기자랑 지원자를 받기 시작하자 곳곳에서 손을 들었다.

애초에 지원자 미달에 대한 걱정은 하지 않았다.

여긴 군대.

다양한 인간들이 같은 옷을 입고 개성을 죽인 채 살아가는 곳.

뭣하면 고종민을 시키려고 했다.

원래 같았으면 이번 행사 진행은 인사과장인 고종민이 했어야 할 테니까.

수많은 지원자들의 손을 본 대한이 씩 웃으며 말했다.

"역시 다들 의지가 대단합니다. 그런 의미에서 빠질 수 없는 것이 하나 있죠? 여러분이 가장 좋아하는 게 뭡니까?"

"휴가!"

그 말에 대한이 자연스레 시선을 옮겨 박희재를 바라봤다.

"대대장님, 이번 장기자랑에 휴가 부여, 괜찮겠습니까?"

물론 이것 또한 사전에 협의된 사항이 아니었다.

하지만 그래서 박희재에게 먼저 물음을 던진 것. 이렇게 하면 박희재가 알아서 해결해 줄 테니까.

대한의 물음에 박희재가 흡족한 표정으로 마이크를 잡았다.

"당연히 되지, 이런 날 휴가가 빠져서야 되겠어? 그전에 잠깐."

말을 멈춘 박희재가 시선을 옮겨 조용히 고기를 구워 먹고 있는 이원영을 바라보았다.

"단장님은 어떻게 생각하십니까?"

"뭘?"

"장기자랑 상품으로 휴가 걸어 주셔야 하지 않겠습니까?"

주변 분위기를 살핀 이원영은 조용히 한숨을 내쉬었다.

왜냐하면 이원영은 휴가 뿌리는 걸 별로 좋아하는 사람이 아니었으니까.

그도 그럴 게 이런 식으로 휴가를 자주 뿌리면 병력들 사기야 올라가겠지만 그만큼 병력들이 부대에 많이 빠져 부대 운영에 차질이 생길 테니까.

이원영이 선뜻 대답하지 않자 박희재가 입에서 마이크를 떼고 조용히 말했다.

"야, 육사 티 내냐? 분위기 좀 맞추지?"

"너 이 자식, 애초에 애들 휴가 주려고 나 한우 먹인 거지?"

"설마 그런 불순한 의도가 있겠습니까, 그냥 동기 보고 싶어서 부른 거지."

"지랄하네, 진짜."

속이 끓었다.

하지만 분위기상 무시할 수도 없는 노릇.

이원영은 그 정도로 꽉 막힌 사람은 아니었으니까.

이원영이 박희재의 마이크를 빼앗아 들며 대한에게 물었다.

"몇 등까지 시상할 거냐?"

"3등까지 시상할 예정입니다."

"단장, 대대장, 중대장 순으로 부여한다. 됐지?"

"갑작스러운 결정이셨을 텐데 역시 단장님이십니다. 감사합니다!"

"와아아아!!"

"단장님! 단장님!"

"이원영! 이원영!"

병사들의 열띤 함성.

덕분에 속 아픈 게 좀 누그러졌다.

하지만 이건 아무리 봐도 휴가를 뿌린다기보단 뺏긴 느낌.

'요즘 저놈이랑 엮이면 툭하면 휴가 뺏기는 것 같네.'

뭐, 어쩌랴.

그냥 뺏는 것도 아니고 다 명분이 있는데.

대한의 말이 이어졌다.

"자, 휴가도 확보했으니 그럼 이제부터 장기자랑 룰을 알려 드리겠습니다. 룰은 간단합니다. 참가자들은 여기 노래방 기계에 표시되는 점수로 등수를 가리되 만약 동점자가 나오면 거수투표로 순위를 가리겠습니다."

"와아아!!"

노래방 기계의 공정함 따윈 중요하지 않다.

그저 재밌으면 그만.

이윽고 참가자 명단이 종합되자 대한이 첫 번째 참가자를 호명했다.

"첫 번째 참가자를 바로 모셔 보겠습니다. 신청곡이…… 오, 트로트네요? 역시 회식에는 트로트 아니겠습니까. 저도 이 인원의 실력을 모르기에 정말 기대됩니다. 첫 번째 참가자에게 긴장하지 말라는 의미로 힘찬 함성과 박수 부탁드리겠습니다. 상병 장덕철의 '옥자야' 만나 보시겠습니다."

대한의 말이 끝나기 무섭게 장덕철이 단상에 뛰어나왔고 반주가 시작되자 마이크를 건네받은 장덕철 상병의 무대 장악이 시작됐다.

"와아아아!"

병력들의 함성.

대한은 단상 한켠에 서서 흐뭇하게 장덕철의 공연을 지켜봤다.

'역시 군대는 참 재밌는 곳이야.'

장덕철은 첫 번째 순서에 400명의 주목을 받고 있음에도 불구하고 전혀 떨지 않고 안무까지 춰 가며 노래를 불렀다.

심지어 실력도 수준급이었다.

저런 걸 보면 참 신기했다.

저런 능력자가 그동안 어떻게 끼를 누르고 군 생활을 했는지.

이윽고 공연이 끝난 뒤 노래방 기계가 점수를 헤아리기 시작했고,

[와우! 가수하셔도 되겠어요! 100점입니다!]

기계는 모두의 염원대로 100점을 안내했다.

"와아아아아아!!"

"오빠 멋져!"

"장덕철 나랑 결혼해!"

"엄마 난 커서 장덕철이 될래요!"

모두의 뜨거운 반응에 대한 또한 다가가 축하를 건넸다.

"축하합니다! 처음이라 긴장이 많이 됐을 텐데도 최고점을 받아 내셨는데 소감 한 말씀 부탁드립니다."

"어, 일단 호응을 잘해 준 저희 2중대원들에게 너무 감사하고 특히 저를 잘 챙겨 주시는 2중대장님께 정말 감사드립니다."

"2중대장님 어디 계십니까?"

갑작스러운 호명에 고기를 먹던 정우진의 눈이 커졌고 주변에 있던 간부들은 혹여나 정우진과 엮일라 자리를 피했다.

그 모습에 대한이 씩 웃으며 말했다.

"아, 저기 계시는군요. 2중대장님, 장덕철 상병, 이렇게 노래도 잘하고 중대를 생각하는 마음도 뛰어난데 혹시 입상하지 못한다면 중대장 포상휴가 개인적으로 부여해 주십니까?"

그 말에 정우진의 표정이 복잡하게 변했다.

누가 육사 후배 아니랄까봐, 고지식하긴.

그래도 이원영에 비해 연식이 최신이라 그런지 판단력과 반응 속도가 빨랐다.

정우진이 머리 위로 두 손을 모아 동그라미를 그렸고 병사들의 반응이 다시 한번 뜨겁게 달구어졌다.

"정우진! 정우진!"

"2중대! 2중대!"

어색하게 웃어 보이는 정우진.

대한은 그 웃음에 쾌감을 느꼈다.

회식 자리에서 만큼은 계급이 아닌 마이크 쥔 놈이 깡패라는 걸 그 누구보다도 잘 알았기 때문이다.

"그럼 이어서……."

아까 참가자 명단을 봤을 때 대한은 머릿속으로 전략을 모두 짜 놓았다. 그것도 약간의 사심을 곁들여서.

아무도 대한을 말릴 수 없었다.

회식 자리에서 마이크는 권력이었으니까.

대한은 이어서 단 소속 인원을 두 번째 참가자로 불렀고 두 번째 참가자는 98점의 점수를 기록했다.

대한이 위로를 건네며 물었다.

"안타깝습니다. 2점 차이로 최고점을 달성하지 못했는데 심정이 어떻습니까."

"너무 아깝습니다. 오늘은 너무 긴장이 되서 그만……."

풀 죽어 보이는 두 번째 참가자.

그는 일병이었는데 대한이 그의 어깨를 토닥여 주며 말했다.

"하하, 너무 걱정하지 않아도 될 것 같습니다. 왜냐면 위기에 빠진 소대원을 구해 주는 건 당연히 소대장의 몫이지 않겠습니까? 그런 의미에서 마익형 소위 어디 있습니까? 이 친구가 속한 소대의 소대장이지 않습니까?"

그 말에 고기를 먹던 마익형의 눈이 휘둥그레 커졌다.

표정이 꼭 '저 새끼 갑자기 왜 저래?' 딱 이 표정이었다.

그리고 그건 대한이 바라던 바.

그도 그럴 게 마이크를 쥐고 있으면 골려 주고 싶은 사람을 유치하지 않게 최대한 골려 줄 수 있었으니까.

대한의 부름에 마익형이 손을 급하게 들며 대답했다.

"예. 맞습니다!"

"소대원이 이렇게 힘들어하는데 소대장이 가만히 있을 수 있겠습니까? 지금 바로 소대원을 구하러 단상으로 올라옵니다. 실시!"

"시, 실시!"

그 말에 병력들 전체가 빵 터져 웃는다.

이윽고 마익형이 올라오자 대한이 음흉하게 웃으며 말했다.

"자, 위기에 빠진 소대원을 어떻게 구해 주실 생각이십니까?"

"그, 그게……."

"에이, 머리도 좋으신 분이 모른 척하시긴. 노래로 위험에 빠진 부하는 노래로 구해야 하지 않겠습니까? 안 그렇습니까, 여러분?"

"맞습니다!!"

"와아! 마익형! 마익형!"

“소대장님 시원하게 한 곡 뽑아 주십쇼!”

“사회 잘한다!”

병력들의 뜨거운 반응에 마익형은 진심으로 당황하기 시작했다.

그래서 마이크를 떼고 조용히 대한에게 속삭였다.

“야, 노래라니? 나 노래 진짜 못 한다고!”

“어허, 군인이 못하는 게 어디 있습니까? 안 그렇습니까. 단장님? 대대장님?”

대한의 말에 두 사람은 동시에 고개를 끄덕였다.

독 안에 든 쥐.

외통수였다.

마익형은 얼굴이 벌개졌지만 그래도 최고 상관들이 저리 말하는데 어찌 거절할 수 있을까?

“……아는 게 발라드밖에 없는데 발라드 해도 괜찮나?”

“미쳤냐? 회식 자리에서 발라드?”

“아는 노래가 없단 말이야…… 그렇다고 군가를 부를 순 없잖아.”

“하여튼 육사 아니랄까 봐…….”

그래도 안 부르는 것보단 나으니 그나마 대중적인 발라드가 예약됐고 곧이어 반주가 나오자…….

“와…… 발라드 실화냐?”

“진짜 육사 수준하고는.”

"야, 내가 보기엔 지금 담배 타임이다. 가서 담배 한 대 피고 오자."

강당 분위기가 순식간에 도서관으로 바뀌었다.

다들 어이가 없다는 듯 마익형을 쳐다봤으나 단 한 사람, 박희재만큼은 재밌어 죽겠다는 듯 웃으며 이원영에게 말했다.

"야, 네 후배 발라드 한다. 이게 육사의 힘이냐?"

"……조용히 해라."

"이야, 이건 뭐 디너쇼도 아니고…… 그래도 후배는 맞나 보네. 분위기 읽을 줄 모르는 게 딱 육사 그 자체야."

박희재의 놀림에 이번에도 이원영의 표정이 실시간으로 썩어 들어가기 시작했다.

그리고 그 결과는.

[와우! 아쉬워요. 하지만 가수 하셔도 되겠는 걸요? 99점!]

혼신의 힘을 다해 부른 발라드였으나 애석하게도 99점으로 마무리되고 말았다.

대한이 말했다.

"아아, 안타깝습니다. 99점이라니. 이로써 소대장님의 소대원 구하기는 실패! 혹시 누구 위기에 빠진 전우를 구할 인원은 없습니까?"

혹여 100점이 나오면 참 아쉬울 뻔했다.

하지만 마익형은 안타깝게 99점을 받았고 씁쓸한 얼굴로 98점을 받은 소대원과 함께 단상을 내려갔다.

그 사이 대한은 어떻게든 눈 마주치지 않으려는 인원들을 둘러보던 끝에 씩 웃으며 말을 이었다.

"흠…… 전우들이 위험에 빠졌는데도 용감하게 지원하는 인원이 없다니, 이걸 어떻게 해야 되나…… 단장님?"

그때였다.

대한이 단의 최상급자를 언급한 건.

이에 병력들 모두의 고개가 이원영을 향해 돌아갔고 이원영의 표정이 순식간에 굳어졌다.

놀란 건 박희재도 마찬가지.

박희재가 의자를 살살 옆으로 옮기며 여진수에게 말했다.

"……혹시 네가 시킨 거냐?"

"……아닙니다. 사회자 개인의 판단입니다."

"저건 너무 무리수 아냐?"

여진수도 그렇게 생각했는지 하지 말라며 대한에게 수신호를 보냈으나 대한은 모른 척 말을 이었다.

"단장님께는 여쭤보지 않은 것 같아서 한번 여쭤보겠습니다. 단장님, 혹시 위기에 빠진 부하들을 구해 주실 의향이 있으십니까?"

아.

큰일났다.

이건 박희재가 나서도 구제 못 할 상황이라고 판단했다.

그렇게 생각하며 박희재와 여진수의 속이 바짝 타들어 가던 순간, 이원영이 자리에서 벌떡 일어나 단상으로 성큼성큼 올라가기 시작했다.

그 광경을 본 박희재가 놀란 눈으로 여진수에게 말했다.

"야, 저, 저거 말려야 되는 거 아냐?"

"제, 제가 어떻게 말리겠습니까. 대대장님이 나서 주셔야……."

그때였다.

단상에 올라온 이원영이 마이크를 잡으며 진지한 얼굴로 말한 건.

"HOT의 '사탕' 틀어."

그 말에 대한이 바로 노래방 번호를 입력했고 HOT '사탕'의 반주가 흘러나오기 시작했다.

"저, 저게 뭐야?"

"사탕?"

"노래 잘못 튼 거 아냐?"

병사들이 술렁이기 시작했다.

박희재와 여진수 또한 마찬가지.

이원영이라면 당연히 불같이 화를 낼 줄 알았는데 갑자기 사탕이라니?

만약 노래를 부른다고 해도 트로트 같은 걸 부를 줄 알았다.

그러나 대한은 알고 있었다.

'높은 사람이라고 무대 나서길 싫어한다고 생각하면 오산.'

이원영에 대해 몰랐다면 절대 이런 무리수는 두지 않았을 것이다. 하지만 대한은 이원영의 끼를 어느 정도 알고 있었다.

'그것도 타 부대에서 우연찮게 들은 거지만.'

다른 부대로 이전하게 되면 자연스럽게 이전 부대에 대한 이야기가 나오게 된다.

그쪽 부대 누가 어떻니 하는 이야기들. 그리고 그런 이야기는 주로 상급자에게서 나오는데 이원영의 끼는 그때 들은 것.

그래서 질러 봤다.

이원영이 고지식한 면이 좀 있긴 해도 박희재와 비슷하게 부하들을 아끼는 마음은 진심이었으니까.

그래서일까?

빼지 않고 화끈하게 아이돌 춤을 선사하는 단장을 향해 병력들의 우레와 같은 함성이 시작됐다.

"개쩐다!!"

"이원영! 이원영!"

"오빠 사랑해!!"

이원영의 춤이 시작되고 발라드로 식었던 강당은 그 어느 때보다도 뜨겁게 달구어졌다.

"미친놈."

그런 이원영을 보며 박희재는 헛웃음을 터뜨렸고 여진수 또한 믿을 수 없다는 표정으로 박희재에게 물었다.

"대, 대대장님. 단장님이 어떻게 저 춤을……?"

"재 춤 잘 춰."

"아니, 그래도 저 노래를 추신단 말입니까?"

"와이프가 HOT 팬클럽에서 엄청 높은 사람이더라. 아이디가 '희준마누라였나?' 지금도 둘이 집에서 춤추고 놀아."

"예에?!"

"거짓말 아냐. 당시에 형수님 꼬시려고 HOT 공부 많이 했다더라."

"아……."

대한은 노래의 하이라이트가 끝나자마자 귀신 같이 노래를 끊었다.

1곡 다 추기엔 이원영의 위치가 있었으니까.

덕분에 단장의 공연은 성공적으로 마무리되었고 대한이 마무리 멘트를 맺음으로써 완벽하게 클로징했다.

"멋진 춤으로 부하들을 구해 주신 단장님께 힘찬 박수 부탁드리겠습니다!"

"와아아아!!"

쏟아지는 박수갈채.

이원영이 숨을 고르며 조용히 대한에게 물었다.

"더 시킬 거냐?"

"아닙니다, 고생하셨습니다."

"그럼 내려간다? 너도 적당히 하고 내려와. 고기 먹어야지."

"예, 알겠습니다!"

쿨하게 퇴장한 이원영은 단상에서 내려가며 손 내미는 인원들에게 직접 하이파이브까지 쳐 주었다.

그야말로 완벽한 무대 매너.

그렇게 나머지 무대도 성공적으로 마무리되었고 다들 즐거운 회식 자리를 가질 수 있었다.

✷

성공적으로 사회를 마친 대한은 그제서야 단상에서 내려와 고기를 먹을 수 있었다.

어디서?

수송부에서.

류승진이 물었다.

"언제 이런 걸 다 준비하셨습니까?"

"하하, 그러게나 말입니다. 저도 이 정도로 보내 주실 줄은 몰라서 좀 놀랐습니다."

수송부에서 고기를 먹는 이유는 간단했다.

회식 자리 사회는 회식이 끝나야 멈출 수 있는 것이니까.

그래서 사회자 자리에서 내려올 때쯤엔 이미 1중대는 물론 부대 전체가 회식 자리를 정리 중이었다.

하지만 수송부는 달랐다.

수송부는 술과 함께 고기를 먹기 위해 회식이 끝나기만을 기다렸고 덕분에 대한도 함께 먹을 수가 있었던 것.

'술 때문에 고기를 참다니, 대단한 사람들이야.'

심지어 수송부 한켠을 캠핑장처럼 꾸며 놔서 운치도 있었다.

대한이 맛있게 술을 삼키는 류승진을 보며 물었다.

"집에는 어떻게 가시려고 여기서 술을 드십니까?"

"에이, 군인이 뭐 집 가는 걸 걱정합니까. 당직 대기차 있지 않습니까?"

"전 또 여기서 텐트 치고 주무실 기세여서 여쭤봤습니다."

"하하, 또 모릅니다. 술 잘 들어가면 텐트 쳐야죠."

"에이, 가정의 평화를 지키러 집으로 가셔야 하지 않겠습니까?"

"제가 가정에 없는 것도 가정의 평화를 유지하는 방법 중에 하나입니다. 그나저나 소대장님 덕분에 군대서 한우 회식도 다 해 봅니다. 잘 먹겠습니다."

"하하, 많이 드십쇼. 자주 보내 달라고 하겠습니다."

"자주? 그럼 혹시 그 소문이 사실입니까?"

"무슨 소문 말씀이심까?"

"소대장님이 DH투자 대표랑 사귄다는 말이 있던데……."

이건 또 뭔 소리야?

대한이 얼른 부정했다.

"아닙니다, 그런 거. 절대 아닙니다."

“강한 부정은 강한 긍정이라는 말이 있던데…… 들리는 소문으로는 DH투자 대표님이 상당한 미인이시라고…….”

“저도 들었습니다. 슈퍼카도 4대쯤 가지고 있다고 하던데 말입니다.”

역시 소문이다.

살에 살을 덧붙는.

대한이 연신 아니라고 부정하자 류승진이 씩 웃으며 말했다.

“농담입니다, 농담. 그나저나 이번 주말에 차 보러 가자고 하신 거 기억하십니까?”

“아, 네! 기억하고 있습니다.”

“혹시 괜찮으시면 중고차 단지에서 만나도 괜찮겠습니까?”

“아, 예. 천천히 오셔도 됩니다. 먼저 가서 구경 좀 하고 있겠습니다.”

“일 좀 보고 가야 할 게 있어 가지고…… 금방 가겠습니다.”

류승진 정도 되는 고급 인력이 직접 차를 봐준다는데 그깟 기다림, 백 년도 더 기다릴 수 있다.

대한은 지원중대 간부들과 간단히 식사를 마친 후 정작과로 향했다.

여진수가 불러서였다.

‘퇴근 시간인데 그냥 집에 가지 굳이 다 먹고 올 때까지 기다린다고 그러냐. 사람 불편하게.’

그래도 뭐 할 말이 있으니 부른 거겠지.

대한은 호흡을 고른 뒤 정작과 문을 열었다. 그러자 여진수가 기다렸다는 듯 대한을 맞이했다.

"어, 왔냐? 와서 앉아라."

여진수의 착 가라앉은 목소리를 듣자 대한은 자기도 모르게 긴장이 됐다.

무슨 소릴 하려고 이렇게 무게를 잡는 걸까?

여진수는 얼마간 대한을 쳐다보더니 조용히 입을 열었다.

"잘했다."

"예?"

"잘했다고, 인마. 대대장님이 얼마나 좋아하시는지 내가 다 뿌듯하더라."

아.

난 또 뭐라고.

다행이었다.

혼나는 줄 알고 바짝 쫄아 있었는데 칭찬이라니.

그렇단 말은 자신의 도박이 먹혔다는 것.

'그래, 단장한테 노래를 시켜도 결과만 좋으면 장땡이라니까.'

대한이 씩 웃으며 말했다.

"그럼 저 이제 과장님 밑에서 중대장 할 수 있는 겁니까?"

"어허, 아직이지, 인마. 아직 시험은 끝난 게 아니야."

"왜 갑자기 말을 바꾸고 그러십니까."

"난 만능을 원한다고 했지. 이게 끝이라는 말은 안 했어."

"……이러면 계속 필요한 곳 생길 때마다 시험이라고 하면서 투입시키실 거 아닙니까?"

"아닌데, 아닌데?"

"표정은 너무 솔직하십니다. 저도 미래에 대한 확신이 있어야 군 생활에 목표도 생기고 더욱 더 열심히 충성하지 않겠습니까."

"크흠…… 이래서 눈치 빠른 놈들은 성가시다니까. 알았다, 중대장 시켜 줄게, 너 오늘부터 내 밑에 중대장 해라."

"감사합니다!"

시시덕거리며 농담을 주고받는 두 사람.

이어서 여진수가 말했다.

"암튼 고생했다. 기대 이상으로 너무 잘해 줘서 얼굴 보고 퇴근하려고 불렀다. 바로 퇴근할 거지?"

"아, 예. 같이 나가십니까?"

"그러자. 아, 맞다. 단장님이 재밌었다고 전해 달라시더라."

"다행입니다. 전 분위기 망치면 어쩌나 걱정했었습니다."

"새끼가 이빨은…… 구라치지 마, 인마. 내가 본 너는 일이 틀어질 낌새가 조금이라도 보이면 절대로 도박 안 할 놈이야."

"에이, 저 승부삽니다."

"승부사는 무슨, 그냥 사짜겠지."

두 사람은 연신 농담을 주고받으며 함께 퇴근했고 대한은 숙소로 돌아오자마자 침대에 몸을 던졌다.

'피곤한 하루였다.'

대민지원부터 사회까지.

하루가 무척이나 길었다.

하지만 아직 대한에겐 해야 될 일이 하나 더 남아 있었다.

대한은 책상 서랍을 열어 명함 하나를 꺼내 거기 적힌 번호로 전화를 걸었다.

—예, 사람을 남기자. 정구카에 박정구입니다.

"정구 씨, 잘 지내셨습니까? 동원훈련 때 명함받았던 소대장입니다. 약속 지키려고 전화했습니다."

—이야…… 쏘대장님? 그래, 내가 쏘대장님은 약속 지키실 분 같더라니까. 전화 잘 주셨습니다. 안 그래도 쏘대장님 소개시켜 드리려고 군인들이 환장할 차 잔뜩 대기시켜 놨습니다.

—역시 사장님은 다르네요. 그래서 말인데, 이번 주말에 가보려고 하는데 시간 괜찮으십니까?

—이번 주요? 아, 하필 이번 주라. 제가 이번 주 주말엔 서울에 출장이 있어가 좀 힘들 것 같고 다음 주는 안 되겠습니까?

"다음 주라……."

당장 차가 급한 건 아니어서 한주 정도 미루는 건 문제가 아니었다.

문제는 류승진.

일부러 대한을 위해 시간을 내줬는데 미루기엔 좀 그랬다.

'뭐, 딴 사람도 아니고 류승진이랑 같이 가는데 어딜 가든 아무 상관없지. 박정구를 포기하자.'

전문가랑 함께 가는데 사실 차는 어디서 보든 아무 상관이 없었다.

그러니 관계를 생각해도 박정구를 포기하는 게 나았다.

대한이 말했다.

"다음 주는 저희가 시간이 안 될 것 같습니다. 일단 이번 주에 약속을 해 놔서 변경하기도 곤란하구요. 어쩔 수 없네요. 그럼 다음 차 살 때 또 연락드려 보겠습니다."

–다음 차요? 아, 잠깐, 잠깐!

"예?"

–제가 진짜 쏘대장님 생각해서 매입해 둔 차가 좀 있습니다. 저희 직원한테 말해 둘 테니까. 와서 보고나 가십쇼. 혹시라도 마음에 들어 구매하게 되면 다음에 놀러나 한번 오시고예.

"그럴까요? 그럼 좀 부탁드리겠습니다."

–예, 알겠습니다. 지금 사무실 들어가는 길인데 가서 확실히 교육시켜 놓겠습니다.

"네, 그럼 부탁 좀 드리겠습니다. 출장 조심해서 다녀오시고 다음에 뵙겠습니다."

–예, 들어가이소.

박정구는 전화를 끊자마자 안도의 한숨을 내쉬었다.

호구를 놓칠 뻔한 아쉬움이 아니라 정말로 대한을 생각해서 매입해 둔 것들이 좀 있었기 때문이다.

게다가 무엇보다도 박정구의 감이 말하고 있었다. 대한은 왠지 놓쳐선 안 될 인연이라고.

'군인인데 뭔가 귀티가 흘러.'

첫 거래만 잘해 놓으면 장기적으로 도움이 될 것 같은 그런 느낌.

잠시 후, 차량 매입을 위해 출장을 갔던 박정구가 사무실로 복귀했고 너구리 굴 같은 사무실이 그를 반겼다.

박정구가 뿌연 사무실 공기를 보며 미간을 찌푸렸다.

"야, 내가 사무실에서 담배 피지 말라고 안 했냐?"

"어? 형, 오늘 바로 퇴근하신다고……."

정구가 사무실의 유일한 직원이자 동네에서 오래 알고 지낸 동생인 김준수.

놈팽이처럼 맨날 놀고만 있어서 인간 만든다고 데려온 놈인데…….

'하, 내가 이걸 왜 끌고 와서 내 인생 난이도를 올리는 건지…….'

지금까지의 박정구 인생에서 가장 큰 후회였다.

손님들을 모셔야 하는 사무실에서 담배를 피워 대질 않나, 어떨 땐 친구들 불러서 몰래 술판을 벌여 놓질 않나.

그러나 더 큰 문제는 따로 있었다.

"근데 너 왜 아직까지 사무실에 남아 있어? 너 원래 바로 바로 가잖아?"

"아니, 뭐 그냥……."

눈을 피하는 김준수.

이 새끼 봐라?

뭔가 삘이 딱 오네?

"동작 그만."

박정구가 성큼성큼 다가가 꺼진 모니터를 켰다.

그러자 불법토토 사이트가 열렸고.

"이 새끼가…… 야, 니 돌았나? 내가 더 이상 토토하지 말라고 안 캤나?"

"아, 안 했다! 그냥 배당만 볼라고 들어간 거다. 배당만."

"개새끼야, 말이 되는 소릴 해라. 여기 충전 잔액이 200이 넘게 들어 있는데 닌 내가 빙시로 보이나?"

"그……."

현장 검거에 김준수가 고개를 푹 숙인다.

"준수야, 내가 누누이 말하잖아. 인생은 한 방이 아니라 벽돌처럼 차곡차곡 쌓는 거라고. 내가 니한테 돈을 적게 주나 대우를 개같이 하드나. 왜 자꾸 이러는데?"

"아니, 형…… 나도 알긴 아는데 그래도 형한테 신세 갚으려면……."

"아니, 내가 니한테 신세 갚으라고 했냐고!"

박정구가 화내는 이유.

저 말이 거짓임을 알아서다.

박정구가 얼굴을 쓸어내리며 말했다.

"충전한 거 당장 돈 빼라. 안 카면 니 다시는 안 볼 거니까."

"……알겠다."

순순히 출금 신청을 하는 김준수.

물론 진짜 도박을 끊을 생각으로 출금한 게 아니다.

당장 말을 듣지 않으면 진짜 두들겨 맞을 것 같아서 뺀 것.

출금 확인을 마친 박정구가 한숨을 내쉬며 본인의 자리에 있는 파일 하나를 김준수에게 넘겨주며 말했다.

"형 아는 지인이 이번 주말에 방문하신단다. 이 차량들 다 보여 드리면 되고 금액도 적혀 있다. 적혀있는 게 최저가고 거기서 더 내려가면 적자 보고 파는 거니까. 그대로 팔아라."

"마진을 안 보고 판다고?"

"응, 처음 방문하는 지인이다. 내가 말했제. 사람을 남겨야 성공할 수 있다고. 당장 몇 푼에 눈이 멀어서 숲을 놓치면 안 된다."

"아니, 형. 여기서 더 깎아 달라고 하면 어떻게 하려고 그래? 그럼 바로 적자잖아."

"내가 봤을 땐 그럴 사람이 절대 아니다. 혹시 깎아 달라고 하면 내가 서비스 더 준다고 이야기해라."

"깎아 달라고 안 한다고?"

"응, 그냥 편하게 보여 주고 자세하게 말씀드려."

"알겠어."

"제발, 잘 좀 해 보자. 준수야. 형이 이렇게 부탁할게."

"알겠다, 걱정하지 마라. 내가 이번 주말에 딱 보여 줄게."

"그래, 실수하지 말고."

박정구가 담배를 피우기 위해 사무실을 나가자 김준수는 재빨리 모니터로 가서 출금 취소를 신청하고 하려던 베팅을 마저 했다.

"휴, 늦을 뻔했네."

마감시간에 겨우 맞춰 잔고에 있던 모든 돈을 털어 베팅했다.

금액은 총 500만.

조금 전 박정구가 본 200만 원은 김준수가 300만을 베팅하고 난 뒤의 금액이었다.

"남자가 가오가 있지, 월급쟁이로 우에 살겠노. 인생은 한 방이지."

김준수의 눈에 야망의 불꽃이 이글거린다.

✱

그리고 다음 날, 아침.

김준수는 돈을 모두 잃었다.

사무실에 출근해 퀭한 눈으로 허공을 바라보는 김준수에게 박정구가 물었다.

"니 상태가 와 그러노?"

"……아이다, 아무것도."

아니긴 개뿔이 아니야.

보나마나 또 토토로 돈 잃었겠지.

하지만 박정구는 말씨름하기가 싫어 그냥 카드 한 장 던져 주며 말했다.

"야, 거서 그래 있지 말고 가서 사우나 가서 씻고 국밥 한 그릇 먹고 들어온나. 그 상태로 손님 받을 건 아니제?"

조용히 카드를 받고 자리에서 일어나는 김준수.

김준수가 나간 뒤, 가게 오픈 준비를 마친 박정구는 홀로 커피를 먹다 말고 문득 그런 생각이 들었다.

'근데 저 새끼가 어떻게 계속 토토를 하는 거지? 내가 주는 월급으로 빚 갚고 생활비도 겨우 하는 걸로 알고 있는데?'

생각을 잇던 박정구는 도리질을 했다.

별로 알고 싶지 않았기 때문이다.

✻

사우나에 도착한 김준수는 탕에 몸을 담그며 생각했다.

'어제만큼 확신이 있었던 날이 없었는데…….'

무조건 딸 줄 알았다.

하지만.

'리그 1등이 꼴찌 팀한테 지는 게 말이 되냐고.'

10개 경기 중 9개를 맞추고 마지막 한 경기만 남은 상황.

당연히 그것도 맞출 줄 알았다.

리그 1위 팀과 꼴찌 팀의 매치였으니까.

하지만 꼴찌 팀의 역전극에 모든 것을 날려 버렸고 김준수는 탕에 얼굴을 담그며 생각했다.

'아…… 그냥 죽을까.'

하지만 좌절하기도 잠시.

마음 속 저 깊은 곳에 꺼져 가던 투지가 다시 샘솟았다.

'그래. 죽을 땐 죽더라도 딱 한 판만 더 해 보자. 나 승부사 김준수잖아?'

이번엔 딸 수 있다.

오늘 저녁에 유명한 픽스터가 정보도 주기로 했으니까.

'문제는 총알인데…….'

코끼리를 잡기 위해선 많은 총알이 필요한 법.

그때였다.

좋은 생각이 떠오른 건.

'그래, 이번 주 주말에 정구 형 지인들이 온다고 했었지?'

심지어 마진도 안 남기고 다 퍼 준다고 했다.

하지만 그날 박정구는 없는 상황.

'정구 형한텐 미안하지만…… 따서 갚으면 되잖아?'

김준수가 씩 웃으며 탕 안에서 나온다.

✷

그 주 주말.

대한은 정구카가 오픈한다는 시간에 맞춰 대구 서구에 위치한 중고차 매매단지로 이동했다.

그렇게 단지 앞에서 기다리길 얼마간, 대한의 앞에 택시 한 대가 멈춰 섰고 익숙한 얼굴이 차에서 내렸다.

오정식이었다.

택시에서 내린 오정식이 불만 가득한 목소리로 말했다.

"아니 미친놈아. 네 차 사는데 나는 왜 부르는 건데?"

"대표가 계약한다는데 직원이 당연히 와야 되는 거 아니냐? 그게 직원의 소임 아냐?"

"그놈의 직원 타령은…… 난 말했다. 딱 1년만 하고 바로 나간다고."

"아, 예. 들어가시죠. 직원님."

대한이 오정식을 데려 온 이유.

별것 없다.

류승진이 오기 전까지 심심해서.

게다가 대민지원에 쓴 음식값을 생각하면 절대로 주말에 혼자 편히 쉬게 두고 싶지 않았다.

이윽고 정구카 사무실로 향하자 입구에서 대기하고 있던 김준수가 바로 달려와 허리를 굽혔다.

"안녕하세요! 사장님 지인분들 맞으시죠? 머리 보니까 바로 알겠네요. 직업군인이라고 하시던데."

"하하, 맞습니다. 많이 티 납니까?"

"……설마 티 안 난다고 생각하시는 건 아니죠?"

"……예, 아닙니다. 들어가시죠."

김준수의 정색에 대한이 시무룩해 하자 오정식이 킥킥 웃었다.

"개뻔뻔하네, 그럼 티 안 날 줄 알았냐?"

"시끄러, 자식아."

"몸에 밴 짬밥 냄새 때문에라도 군인인 거 바로 알겠구만."

"하…… 그냥 부르지 말 걸 그랬나, 괜히 불렀네."

"아휴, 대표님이 계약하신다는데 직원이 당연히 와 봐야죠. 뭐 그런 서운한 소리를 하십니까?"

오정식은 대한이 했던 말을 그대로 갚아 주었다.

그리고 김준수는 그런 두 사람의 대화를 들으며 속으로 웃었다.

'군인이 뭔 대표야, 잘들 노네.'

그래서 확신했다.

이 둘은 호구일 게 분명하다고.

김준수가 종이컵에 타 온 커피를 내밀며 말했다.

"안 그래도 저희 대표님이 신경 많이 쓰라고 하셔서 각 잡고 준비하고 있었습니다."

"오, 그럼 지금 바로 볼 수 있습니까?"

"물론이죠. 바로 가실까요?"

"예, 가시죠."

한 모금 마신 커피를 그대로 테이블에 내려놓은 채 자리에서 일어났다.

대한은 전생과 이번 생을 통틀어 차를 사는 게 이번이 두 번째였다.

전생에서는 여유가 없었기에 작은 경차 하나를 10년도 넘게 타고 다녔지만…….

'이젠 사정이 달라졌지.'

막말로 슈퍼카를 사도 몇 대를 부담 없이 살 수 있는 환경이 됐다.

대한은 심장이 뛰기 시작했다.

대한이라고 왜 차를 싫어하겠는가?

그저 환경 때문에 억지로 참고 있었을 뿐.

잠시 후, 김준수가 어느 차량 앞에 서서 파일을 펼쳐 설명을 시작했다.

"독일 감성에 시원함까지. 딱 대한 씨 같은 20대 초반에 어울리는 차 아닙니까?"

김준수가 가장 먼저 보여 준 차량은 09년식의 BMW 차량이었다.

몇십 년 뒤를 살고 온 대한이었기에 어떤 차를 보더라도 외형에선 놀랄 일이 없다고 생각했지만…….

'3시리즈도 컨버터블이 있었구나.'

심지어 하드 탑.

군침이 싹 돌았다.

이는 오정식도 마찬가지.

차에 관심 없을 것 같은 오정식도 결국엔 남자.

이를 본 김준수가 씨익 웃으며 대한과 오정식을 불렀다.

"이리 와 보세요. 이게 독일산이라 문부터가 묵직합니다. 자, 잘 들어 보세요. 문 열릴 때 소리가, 삐엠떠블류. 들으셨죠?"

영화의 한 장면을 흉내 내며 영업하는 김준수.

그리고 놀랍게도 대한은 그 영업방식에 매료되어 자기도 모르게 좌석에 앉았다.

대한이 좌석에 앉자 김준수가 세상 인자한 표정으로 말했다.

"시동 한번 걸어 보세요."

부릉!

시동을 걸자 들려오는 독일차의 우렁찬 배기음.

덕분에 바로 환상에서 깰 수 있었다.

왜냐하면 배기음을 들어 보니.

'이거 튜닝카네.'

모르는 사람이 들어도 이건 백퍼센트 튜닝카였다. 그리고 대한은 류승진이 했던 말을 떠올렸다.

'튜닝카는 무조건 거르라고 했지.'

이유는 많았지만 가장 대표적인 건 고장 났을 때 튜닝 내역을 다 알아야 손을 댈 수 있기 때문.

그러나 김준수는 대한의 생각을 아는지 모르는지 신나게 떠들어 대기 시작했다.

"사장님, 이 차 타고 나가시면 1시간 뒤에 여자 생기고, 2시간 뒤에 결혼식 올리고, 3시간 뒤에 신혼여행 출발~ 아, 행복하다. 그죠?"

행복하긴 개뿔.

그러나 표정을 구기지 않고 질문했다.

"그래서 이 차는 얼마예요?"

"입금가 딱 육천오백만 받겠습니다."

5년이 지났는데 육천오백?

뭐지?

튜닝카라 그런 건가?

그때, 오정식이 대한의 귀에 대고 심각한 목소리로 속삭였다.

"야…… 설마 이거 살 거냐?"

"왜?"

“바로 검색해 봤는데 시세보다 너무 비싼데?”

그때, 눈치 빠른 김준수가 바로 두 사람의 대화에 끼어들었다.

“하하, 사장님들. 이게 나오려면 출고하는데 좀 오래 걸리는 차이기도 하고 워낙 인기가 많아서 감가가 적게 된 상태예요. 게다가 이것저것 파츠 결합된 것들 금액만 해도 엄청납니다. 하지만 그래도 사장님 지인이시니까 제가 최대한 빼서 육천까지 해 드리겠습니다. 진짜 이렇게 하면 저 남는 거 없습니다?”

갑자기 오백이나 깎아 준다고?

그 말에 오정식이 다시 속삭였다.

“그래도 좀 비싸긴 한데 오백을 빼면 그나마 얼추 비슷해지긴 해.”

“그래?”

흠.

그래도 좀 비싸단 말이지.

대한이 말했다.

“일단 알겠습니다. 다른 차는요?”

“당연히 보여 드려야죠. 그나저나 차 자체는 괜찮죠?”

“예, 뭐. 예쁘네요.”

“제가 조금만 더 젊었으면 바로 타겠는데 이젠 안 어울려 가지고…… 하하, 혹시 따로 생각해 둔 차는 있으세요?”

“딱히 생각해 둔 건 없는데 어른 모시고 다니기 편했으면 좋겠습니다."

물론 나중에 전방에서 근무할 걸 생각하면 오프로드 차량이 딱이긴 했지만 지금은 후방에 있으니 엄마 모시고 다니기에 좋은 차를 살 생각.

'오프로드 차량은 나중에 또 뽑지 뭐.'

대한의 말을 들은 김준수가 바로 고개를 끄덕이며 다른 차로 안내했다.

"그런 차라면 기가 막힌 게 또 하나 있습니다. 이쪽으로 오시죠."

이번에 보여 준 건 세단.

이번에도 독일 차였다.

이후에도 마찬가지.

어차피 류승진이 오기 전까지 바로 구매할 생각은 없어서 이것저것 둘러보는데 다음 차를 보러 가던 중 오정식이 슬쩍 다가와 말했다.

"야."

"왜?"

"너 여기 사장이랑 친한 거 맞냐?"

"왜?"

"추천해 주는 것마다 전부 인터넷 시세보다 몇백은 더 비싼데?"

"그래?"

"그냥 나가자. 느낌 쎄하다."

그때였다.

대한의 휴대폰이 울린 건.

휴대폰을 본 대한이 픽 웃으며 말했다.

"괜찮아, 딴 데 안 가도 돼."

"왜?"

"구원투수가 등판했으니까."

휴대폰이 울린 이유.

다름 아닌 류승진으로부터 온 전화였다.

대한이 김준수에게 말했다.

"제 일행이 도착한 것 같은데 잠시 데리고 와도 되죠? 이분도 곧 차를 구매하실 예정이시라."

"아, 그럼요. 전 그럼 여기서 기다리고 있겠습니다."

대한은 오정식과 함께 류승진을 데리러 갔다.

김준수는 멀어져 가는 두 사람의 뒤통수를 보며 웃음을 감추지 못했다.

'신중한 척 여러 대를 보지만 결국 차에 대해선 좆도 모르는 호구가 분명하다. 내 눈은 절대 못 속이지. 근데 이 와중에 한 명 더?'

이게 웬 떡이야?

역시 승리의 여신은 자기편이라고 생각했다.

만약 오늘 한 대가 아니라 두 대를 파는데 성공하면 거기서 남긴 차익으로 크게 한탕 해 먹을 생각이었으니까.

'정구 형, 잘 봐. 형이 몇 년은 걸릴 거 난 하루 만에 해낼 거니까.'

유명한 픽스터에게 확실한 정보도 받았다.

그러니 이제 남은 건 베팅과 그것을 위한 총알 마련뿐.

이윽고 대한이 1층에 도착하자 대한을 발견한 류승진이 반갑게 소리쳤다.

"소대장님! 여깁니다!"

"류 원사님!"

류승진의 아는 체에 대한도 반갑게 인사했다.

근데 류승진 외에도 한 명이 더 있었다.

추정우 상사.

그 또한 곧 원사 진급을 앞두고 있는 사람이었는데 류승진과 같은 수송부 소속이었다.

"아이고, 추 상사님도 오셨습니까?"

어차피 집에서 놀 거 류승진이 데리고 온 것.

그나저나 부대에서 자동차 박사라 불리는 사람이 두 명이나 와 주다니 몹시 든든했다.

대한이 추정우와 악수를 나누며 두 사람에게 오정식을 소개했다.

"여긴 제 동네 친구입니다. 오늘 제 차 보는 거 같이 본다고 불렀습니다."

"안녕하세요. 오정식이라고 합니다."

"류승진입니다."

"추정우입니다."

네 사람은 가벼운 인사를 마친 뒤 김준수가 기다리고 있을 3층으로 향했다.

이동하던 중 류승진이 물었다.

"차는 좀 보셨습니까?"

"보긴 했는데 감이 잘 안 옵니다."

그때, 오정식이 불쑥 끼어들었다.

"딜러가 이것저것 좀 보여 줬는데 제가 뒤에서 몰래 검색해 보니까 시세보다 조금씩 비싸게 부르더라구요. 많게는 천만 원 정도 더 비쌌는데 심지어 첫 차는 튜닝카였습니다."

"튜닝카요?"

"흐음."

튜닝카라는 말에 턱을 어루만지는 두 사람.

그러더니 추정우가 말했다.

"일단 시세 쪽으론 걱정 안 하셔도 됩니다. 제 취미가 중고차 시세 검색인데 거의 모든 차들 시세를 꿰고 있다고 보시면 됩니다."

"아, 그렇습니까?"

추정우의 말에 대한이 미소 짓자 류승진이 고개를 내저으며 말했다.

"아휴, 말도 마십쇼. 하루 종일 중고차 사이트만 보고 사는 놈입니다. 어지간한 딜러보단 더 잘 알 겁니다."

"형님, 하루 종일이라뇨. 소대장님 오해하시겠습니다. 그래도 일과 중에는 안 보지 않습니까."

"일과 중에 안 본다고? 소대장님 앞이라고 대놓고 거짓말하는 것 봐라."

"아 진짜…… 하여튼 형님이랑은 팀플레이가 안 돼. 남들 앞에서는 좀 말 좀 맞추자니까."

"어쭈? 아주 밖에만 나오면 더 까불어."

"왜요? 하극상으로 신고라도 하시려고?"

두 사람의 티키타카에 오정식이 조용히 대한에게 물었다.

"야, 저분이 원사시고, 다른 한 분은 원사 진급을 앞둔 상사라고?"

"응, 두 분 다 일 엄청나게 잘하시는 분들이셔."

"와…… 난 상사나 원사쯤 되면 엄청 위엄 있을 줄 알았더니만 그냥 동네 아저씬데?"

"사람 사는 게 다 똑같지 뭐. 너랑 내가 나이 먹는다고 뭐 다를 것 같나? 저 둘보다 더 심하면 심했지, 덜하진 않을 걸?"

"하긴 그것도 그렇지."

이윽고 네 사람은 김준수와 합류할 수 있었고 류승진과 추정우를 본 김준수가 바로 고개를 숙였다.

"아이고, 어서 오십쇼. 근데 두 분이 오셨네요?"

"아, 예. 뭐. 전 심심해서 같이 와봤습니다. 그보다 먼저 봤던 차들부터 좀 보여 주시죠."

"예! 이쪽으로 오시죠."

사정을 모르는 김준수는 대한에게 소개해 주었던 09년식 BMW부터 바로 보여 주었다.

BMW 앞에 선 김준수가 자랑스레 설명했다.

"바로 이 차량입니다. 이 차량에 대해 설명을 간단하게 드리자면……."

"얼마냐?"

"예?"

"아, 그쪽한테 한 말 아닙니다. 정우야, 이거 얼마냐?"

그 말에 대한과 오정식, 김준수의 얼굴에 물음표가 띄워졌다. 딜러가 금액도 안 알려 줬는데 금액을 확인해 본다니?

그러나 추정우는 자연스럽게 차량을 쭉 둘러보기 시작하더니…….

"한 삼천 후반에서 사천 초반?"

"옆에 문짝 교환한 것도 계산했냐?"

"당연하죠, 딱 봐도 보이는구만."

두 사람의 대화에 대한이 고개를 갸웃거리며 말했다.

"사천 초반요? 딜러님은 깎아서 육천이라고 하셨는데?"

"에이, 무슨 09년식이 그만큼이나 합니까. 보증도 다 끝나 가는데 그 정도 받으면 날강도죠. 그리고 이거 사고도 많습니다.

무사고 차량이라 해도 비싼데 이 정도 사고면 절대 그 금액 안 나옵니다."

김준수는 추정우의 말에 식은땀이 흘렀다. 그도 그럴 게 대한에게 사고 차라는 말을 해 준 적이 없었으니까.

'미친, 어떻게 안 거지?'

본인도 잘 모르는 걸 어떻게 아는지 궁금했다.

그렇기에 김준수는 확신했다.

어쩌면 저건 그냥 던져 보는 말일 수도 있겠다고.

그래서 황급히 비싸게 부른 이유에 대해 설명하기 시작했다.

"크흠흠. 아무래도 잘 모르시는 것 같아서 설명드리는 건데 요즘 이 차량은 인기가 좋아서 기본이 칠천입니다. 사고 있는 걸 감안해서 싸게 불러 드렸는데 삼사천이라뇨."

"아니, 신차가 칠천인 걸 아는데 무슨……."

김준수의 말에 추정우의 표정이 사정없이 일그러졌고 분위기가 이상해지는 차, 류승진이 두 사람 사이에 슬쩍 섰다.

"됐다. 그나저나 소대장님, 이거 사실 건 아니잖습니까?"

"아, 예. 예쁘긴 한데 이 차 끌고 부대 들어가면 욕 엄청나게 먹지 않겠습니까."

"예, 맞습니다. 대대장님이 차 사라고 하신 거 후회하실 겁니다."

"어차피 안 살 건데 그냥 넘어가시죠."

"예, 정상적인 거 보시죠. 저, 딜러님? 다른 차도 좀 보여 주십쇼. 이번엔 정상적인 걸로다가."

류승진은 사람 좋은 듯 웃어 보였지만 눈빛만큼은 그 어느 때보다도 짙었다.

그렇기에 김준수도 마른침을 삼키며 바로 다음 차 안내를 시작했다.

이번 상황을 조용히 넘긴 것에 안도하며.

김준수가 앞서 나가자, 추정우가 그의 뒷모습을 보며 류승진에게 말했다.

"형님, 저 새끼 양아치 같은데요?"

"그런 삘이 좀 나지만 우리가 이 업계에 있는 건 아니잖냐. 그래도 존중할 건 존중해야지. 꺼림칙하면 안 사면 되잖아?"

"그것도 그렇죠."

"하여튼…… 넌 성질 좀 죽여야 한다니까. 뭐 조금만 이상해도 들이받으려고 하냐? 원사 진급 못하는데는 다 이유가 있다니까."

"아니, 여기서 진급 이야기가 왜 나옵니까?"

"크흠……."

오정식은 두 사람의 대화에 조용히 웃으며 대한에게 말했다.

"야, 엄청 든든한데?"

"그렇지? 내가 괜히 불렀겠냐?"

그 뒤로 김준수는 꽤 많은 차들을 보여 주었으나 그때마다 류승진과 추정우가 나서서…….

"흐음."

"으음."

"흐으음……."

조용히 어깃장을 놨다.

원래 백마디 말보다 잠깐의 침묵이 더 무서운 법이니까.

그렇게 여러 차를 보길 한참, 류승진이 대한에게 다가가 조용히 물었다.

"소대장님, 여기 예비군 때 만난 사람이 하는 곳이라 안 그랬습니까?"

"예, 맞습니다."

"그냥 다른 곳 가시죠? 고작해야 한 번밖에 안 본 인연, 그 와중에도 등쳐 먹으려는 게 보이는데 굳이 여기서 사실 필요가 있습니까?"

류승진이 이렇게까지 말하는 걸 보니 상황이 심각하긴 심각한 모양.

그러나 대한은 박정구의 얼굴을 떠올리며 고개를 모로 기울였다.

'그럴 사람처럼은 안 보였는데…….'

물론 말을 듣는다면 저 두 사람의 말을 들어야겠지만 그래도 인연이 아쉬웠다.

이런 쪽으로 아는 사람 하나 있으면 편하니까.

대한은 잠깐의 고민 끝에 무리에서 나와 휴대폰을 꺼냈다.

백문이 불여일견.

이럴 땐 직빵으로 물어보는 게 답이었다.

–여보세요. 소대장님?

“아, 예. 통화 괜찮으십니까?”

–그럼요. 차는 잘 보고 계십니까?

“예, 보고는 있는데…….”

–마음에 드는 게 없으세요? 일부러 차 많이 빼놨는데.

“마음에 드는 건 많은데 금액이 원래 이렇게 비쌉니까?”

–……예? 그게 무슨 말씀이심까?

“제가 잘은 모르지만, 중고차 금액이 아니라 거의 새 차 금액이라서 이상해서 여쭤봤습니다.”

비싸도 적당히 비싸야지.

거의 신차 수준으로 부르는데 당연히 이상할 수밖에.

대한은 혹시나 하는 마음에 차량 연식과 모델의 세부사항을 대며 박정구에게 금액을 물어보았다.

그가 직접 준비한 차량이니 차량 금액 정돈 알고 있을 테니까.

“09년식 BMW 컨버터블 아시죠? 배기음 튜닝 돼 있는 거. 그거 얼마에 준비해 두셨습니까?”

–09년식 비엠…… 쥐색 맞죠? 그거 제 기억이 맞으면 사천쯤에 내놨는데요?

“사천요? 담당 딜러분은 육천오백 불렀다가 깎아서 육천이라 하시던데요?"

–네? 아니 김준수 이 미친 새끼가……! 아, 욕해서 죄송합니다. 소대장님한테 한 거 아니니까 신경 쓰지 마십쇼. 그럼 소대장님, 혹시 다른 곳 구경 좀 하고 계시면 안 되겠습니까? 제가 그리로 금방 가겠습니다.

"예? 서울에 일 있다고 하지 않으셨습니까?"

–아직 출발 안 했는데 좀 미뤄도 됩니다. 제가 가서 직접 보여 드리겠습니다.

"그럼 저야 좋죠. 알겠습니다. 그럼 근처 돌고 있을 테니 이따 연락주세요."

통화를 마친 대한이 피식 웃었다.

그럼 그렇지.

뭔가 이상하더라니.

관상은 과학이라지만 사람 보는 눈만큼은 자신도 일가견이 있었다.

대한이 일행에게 돌아와 조용히 말했다.

"역시 뭐가 이상했습니다. 방금 전화해서 확인해 봤는데 자기는 처음에 봤던 BMW 사천에 내놨다고 했습니다."

"사천?! 미친놈이 그럼 우리한테 이천이나 눈탱이 친 거야?"

오정식이 발끈하자 대한이 진정시키며 말했다.

"아무래도 그런 모양이야. 근데 정구 씨도 모르는 눈치던데 곧 있음 도착한다고 좀만 더 보고 있으래."

대한의 말에 류승진이 한숨을 내쉬며 말했다.

"역시 이상하더라니. 근데 소대장님, 혹시 그것조차도 짜고 치는 거 아닙니까? 직원한테 일단 한번 찔러보게 한 다음 나중에 사장이 등장해서 미안한 척 제대로 파는."

"맞습니다. 세상에 팔이피플들은 믿지 말라고 했습니다."

"팔이피플들이 뭡니까?"

"폰팔이, 차팔이, 보험팔이들 말입니다."

"뭐, 그럴 수도 있겠지만……."

대한은 그래도 이번 한 번만큼은 박정구를 끝까지 믿어 보기로 했다.

"적어도 박정구 그 사람은 안 그럴 사람으로 보였습니다. 예비군 훈련할 때 제가 다 보고 있었는데 하나를 보면 열을 안다고 절대 그럴 사람은 아니었습니다."

"흠, 사람 속은 아무도 모르는 거랬는데…… 그럼 일단 저 딜러 데리고 단지나 빙빙 돌려보시죠. 이따 사장 오면 뭐든 알게 되지 않겠습니까?"

"예, 그러시죠. 그나저나 류 원사님도 차 바꾼다고 안 하셨습니까? 맘에 드는 거 아직 못 보셨나 봅니다?"

"여긴 다 젊은 애들 타는 것밖에 없어서 전 다른델 좀 가 봐야 될 것 같습니다."

그렇게 김준수와 함께 다시 여러 차를 돌려 보길 한참.

김준수가 국산 중형 SUV를 대한에게 보여 주며 말했다.

"이거 상태 좋습니다. 더도 말고 덜도 말고 딱 이천오백에 드리겠습니다."

"이천오백요?"

추정우가 저걸 이천오백이나 받냐며 낮게 으르렁거렸을 때였다.

따악!!

누군가 김준수의 뒷통수를 후려갈긴 건.

"뭐고?"

놀란 김준수가 뒤를 돌아보았다.

그러자 거기엔 급하게 뛰어오느라 땀으로 범벅이 된 박정구가 김준수를 찢어 죽일 기세로 노려보고 있었다.

"어, 어? 혀, 형님?"

"이천오백? 이천오백?"

"혀, 형님 그게 아니라……!"

"내가 새끼야, 지인분이라고 적어 놓은 그대로 안내해 드리라고 했지? 근데 천팔백짜리를 감히 이천오백에 팔아먹으려고 해?"

박정구.

아니, 활화산이 폭발하기 시작했다.

Chapter 4

박정구의 분노가 활화산처럼 폭발했다.

하지만 그는 프로.

절대 손님들 앞에서 과한 언행을 보이지 않으려고 애썼다.

박정구가 대한에게 고개 숙이며 말했다.

“소대장님, 죄송한데 요 근처에서 잠시만 기다리고 계시면 제가 금방 다시 오겠습니다.”

“그러시죠.”

박정구가 뭘 하려는지 알았기에 대한은 흔쾌히 그러라고 했고 박정구는 그대로 김준수의 멱살을 잡고 사무실로 끌고 갔다.

그런 다음 사무실 문을 잠근 후 손목에 찬 시계를 풀기 시작했다.

"이 쌍놈에 새끼가, 집안 말아먹는 꼴 못 보겠어서 데리고 왔더니 네가 감히 나한테 이딴 식으로 행동해?"

"자, 잠깐만. 형! 뭔가 오해가 있는 것 같은데……!"

"오해? 내가 모를 줄 알았냐? 빚이랑 생활비 갚기도 빠듯한 새끼가 자꾸 어디서 토토 할 돈이 생기나 했더니 이런 식으로 삥땅을 치고 있어? 차라리 손바닥으로 하늘을 가려라, 새끼야."

"비, 비싸게 팔면 좋은 거 아냐? 이번에 크게 팔면 형한테도 나눠 주려고 했어!"

"나눠 줘? 나눠 줘? 애초에 내가 내 돈으로 매입해 온 건데 나눠 줘?"

박정구는 어이가 없어서 웃음을 터뜨렸다.

"개새꺄, 깽값 청구하려면 해라. 난 네가 여태까지 사기 친 거 공금 횡령으로 싹 다 계산해서 고소 때릴 거니까."

"뭐? 아니, 형! 아, 아니, 형님! 잠깐! 잠깐만!"

"좆까, 씨발럼아."

박정구라는 화산이 제대로 폭발하기 시작했다.

이윽고 얼마 뒤, 박정구는 김준수를 떡이 되도록 팬 뒤 사무실 밖으로 쫓아내 버렸다.

그런 다음 얼른 다시 대한에게 돌아와 90도로 허리를 숙여 사과했다.

“죄송합니다, 소대장님. 제가 직원 교육을 잘못해서 이 사달이 났습니다. 소대장님을 속이려고 한 건 절대 아니었습니다. 저도 소대장님이 말씀해 주시기 전까진 몰랐습니다.”

“아유, 아닙니다. 그럴 수도 있죠. 이젠 직원 말고 사장님이 직접 차 보여 주세요. 그럼 되잖아요?”

“예, 다시 한번 기회 주셔서 감사합니다. 제가 제대로 모시겠습니다.”

박정구의 진심 어린 사과에 대한은 고개를 끄덕였다.

류승진과 추정우도 그제서야 박정구의 진심을 알아보고 고개를 끄덕였다.

‘그래, 이런 사람일 것 같았어.’

사람을 남기자는 말이 박정구에게만 해당되는 건 아니었다.

대한도 세상을 살아감에 있어 사람이 가장 중요하다고 생각했으니까.

그때, 대한이 박정구의 손을 보며 조심스럽게 물었다.

“근데 정구 씨, 그거 손에 피 아닙니까?”

“아, 이거 케첩입니다. 케첩. 아까 햄버거를 먹어 가지고.”

아무리 봐도 피인데?

하지만 저렇게까지 말하니 모른 척 화제를 돌렸다.

“알겠습니다. 그나저나 그 직원은 어떻게 됐습니까?”

“바로 잘랐습니다.”

"아휴, 괜히 저 때문에……."

"아닙니다. 저도 벼르고 있었는데 이참에 소대장님 덕분에 잘 정리했습니다. 다시 한번 감사하고 죄송하다는 말씀을 드립니다."

잠시 후, 대한은 박정구에게 제대로 된 차량들을 소개받을 수 있었다.

그런데 문제가 하나 생겼다.

'와, 뭐로 골라야 되지?'

마음 같아선 외제차를 사고 싶었다.

특히 볼보.

안정성과 승차감이 끝내줬는데 튀지도 않고 점잖아 보이는 게 대한의 맘에 쏙 들었다. 하지만.

'저걸 타고 가면 분명 튀겠지.'

본디 공무원이라 함은 상급자보다 낮은 등급의 차를 타야 하는 것이 미덕.

그것이 사회생활이었으니까. 물론 국산차 중에서도 적당히 마음에 드는 게 있긴 했지만…….

'볼보가 자꾸 눈에 밟힌단 말이지.'

그렇게 두 모델 사이에서 한참을 고민하고 있을 때였다.

"와, 잠깐만. 저게 왜 여기 있어?"

감탄사를 내뱉으며 어딘가로 홀린 듯이 걸어가는 사람.

류승진이었다.

모두의 시선이 류승진에게로 모였고 이어서 추정우도 감탄하며 류승진을 따라갔다.

두 사람이 감탄하는 이유.

다름 아닌 '각 그랜저' 때문이었다.

"이야, 이거 각 그랜져 아냐?"

"각 그랜저 진짜 오랜만에 보네. 사장님, 이거 파는 겁니까?"

"아휴, 그럼요. 그걸 또 딱 보셨네."

박정구의 매물이란 말에 류승진과 추정우는 그 어느 때보다도 흥분하기 시작했다.

이유는 간단했다.

다른 것도 아니고 각 그랜저니까.

'각 그랜저…… 그 시절 부의 상징과도 같은 차지.'

당시에도 디자인적으로 굉장히 인기가 많은 차였고 지금도 그 명성은 떨어지지 않았다.

오히려 올드카라 불리며 그 인기는 여전한 상태.

상태만 멀쩡하다면 취향 때문에라도 구매해 가는 차였다.

그 시대를 살지 않았던 대한도 놀라는 차였는데 두 사람은 오죽할까.

"장갑, 빨리 가서 차에 장갑 가온나."

"옷으로 잡고 열어요. 차까지 못 갑니다."

"와, 정우야. 이거 봐라, 무려 수동이다."

"차 상태도 기가 막힙니다. 이거 1세대 같은데 무사고 같은데요?"

두 사람은 귀신에 홀린 듯 박정구에게 이것저것 질문하기 시작했고 박정구는 생각보다 해박한 그들의 지식에 놀랐지만 전혀 당황하지 않고 베테랑다운 면모를 보이며 모든 질문에 대답하기 시작했다.

그때, 대한의 머릿속에 좋은 아이디어 하나가 번뜩 떠올랐다.

"정구 씨, 혹시 각 그랜저 이거 부품은 구할 수 있나요?"

"예, 안 그래도 제가 이거 팔려고 전용 부품 원활하게 수급할 수 있는 곳 뚫어 놨습니다."

그 말에 류승진의 눈이 번쩍 뜨였다.

"부품 수급할 수 있는 곳이 있다구요?"

"예, 제가 아는 분이 하는 가겐데 단종된 차나 이런 것들 광적으로 모으시는 분이 있습니다. 거기 각 그랜저 부품 많습니다. 각 그랜저 한 대를 새로 만들어도 될 정도로요."

"이, 이거 얼맙니까?"

"예? 이거 사시려구요?"

"예. 부품만 수급할 수 있으면 이거 제가 사겠습니다."

류승진은 진심이었다.

그도 그럴 게 지금 타는 차도 더 이상 부품을 못 구해서 바꾸려는 거지 부품만 있었다면 얼마든지 더 타고 다녔을 터.

근데 다른 차도 아니고 각 그랜저가 부품 수급이 원활하다면?

이건 못 참지.

류승진이 구매 의사를 내비치자 추정우가 부럽다는 듯 옆에서 연신 추임새를 넣었다.

"크, 각 그랜저. 우리 아버지도 이거 엄청 타고 싶어 하셨는데."

"나도 엄청 타고 싶었다. 그래서 사는 거야."

"말년에 소원 푸셨습니다."

류승진의 확고한 구매 의사를 본 대한이 잽싸게 박정구에게 물었다.

"사장님, 저거 그랜저도 싸게 주실 거죠? 만약 그랜저도 싸게 주시면 아까 보여 주신 볼보까지 제가 사겠습니다."

"예, 예?"

갑자기 둘 다 구매 의사를 내비치자 박정구는 조금 당황하였지만 손님이 두 대나 산다는데 거절할 이유가 있을까?

"알겠습니다. 바로 사무실로 가시죠."

박정구는 바로 두 사람을 사무실로 모셨다.

이윽고 사무실로 일행이 우르르 이동하던 중 제일 뒤에서 따라오던 오정식이 대한에게 조심스레 물었다.

"야, 너 소위 짬찌끄레기잖아. 근데 외제차 같은 거 사도 되냐?"

"괜찮아. 원래는 안 괜찮은데 이제 괜찮아졌어."

"그게 무슨 말이냐?"

"원래 이슈는 더 큰 이슈로 덮는다는 말이 있잖아? 나 혼자 볼보 사서 출근하면 다들 나한테 시선 집중일 테지만 내 차랑 각 그랜저가 같이 출근해 봐라, 누구한테 관심이 쏠리겠냐?"

"저 그랜저가 그 정도로 어그로를 끈다고?"

"자식이 올드카 감성을 모르네. 하긴 군대도 안 갔다 온 네가 남자들의 뜨거운 감성을 어떻게 알겠냐."

"야이씨, 이야기가 왜 또 그쪽으로 새는데?"

"네가 몰라서 그래. 아마 너희 아버지도 각 그랜저 보시면 엄청 흥분하실 걸? 물론 너처럼 가성비 따지는 놈들은 절대로 이해 못 할 거다."

볼보가 계속 눈에 밟혔는데 때마침 잘됐다 싶었다.

덕분에 스무스하게 외제차 이슈를 넘길 수 있을 테니까.

이윽고 사무실에 도착한 박정구는 잠시 손님들을 밖에 세워 둔 뒤 어질러진 사무실을 정리했고 금방 다시 손님들을 안으로 모셨다.

"근데 소대장님, 진짜 볼보 괜찮으십니까? 제가 마진 하나도 안 붙이고 원가로 드려도 입금가만 삼천이백입니다. 여기 보이시죠, 서류에도 그렇게 적혀 있는 거?"

박정구가 보여 준 서류에는 정말로 삼천이백의 숫자가 쓰여 있었다.

그러나 박정구가 묻는 건 비단 금액 문제만이 아니었다.

오정식과 같았다.

감히 쏘가리가 눈치 없이 외제차를 타도 되냐는 걱정.

그 말에 대한이 피식 웃으며 말했다.

"괜찮습니다. 저랑 같이 근무하시는 분이 각 그랜저를 구매하시잖습니까."

"그게 무슨…… 아!"

뒤늦게 대한의 말을 이해한 박정구가 헛웃음을 터뜨렸다.

그리고 엄지를 치켜들며 말했다.

"성동격서급 계책이십니다. 그럼 그 문제는 차치하고 이제 금액이 문젠데…… 그래도 너무 걱정하지 마십쇼. 군인이시라 금리 잘 나올 겁니다. 제가 저한테 떨어지는 피도 안 받고 대출 연결시켜 드릴 테니 거기서……."

그 말에 대한이 고개를 저으며 말했다.

"됐고, 그냥 계좌 주세요. 지금 바로 보내 드릴 테니까."

"예? 지금요? 설마 일시불……?"

"예, 일시불로 드리겠습니다."

그 말에 박정구의 눈이 휘둥그레 커졌다.

역시.

자기가 사람을 잘못 본 게 아니었다.

어쩐지 군인치고 귀티가 넘쳐흐르더라니.

대한은 농담이 아니라 정말 금방 입금해 주었고 입금 완료 문자를 본 박정구는 조용히 감탄했다.

'원래 집이 잘 사시는 분인가 보네. 역시 내가 사람 하나는 기가 막히게 잘 본다니까.'

그렇기에 김준수에게 더더욱 화가 났다.

하마터면 이런 대형 고객을 놓칠 뻔했으니.

그러나 여기서 끝이 아니었다.

류승진도 그 자리에서 바로 입금해 버린 것.

"두 분 다 정말 화끈하십니다."

"원래 공병들이 좀 화끈합니다."

순식간에 계약을 마친 두 사람은 자질구레한 절차까지 금방 끝낸 뒤 비로소 차키를 넘겨받을 수 있었다.

그리고 다음 주 월요일.

대한은 두근거리는 마음으로 차를 몰고 출근했다.

그런데 아니나 다를까, 대대 막사 주차장에는 이미 단의 간부들까지 내려와 인산인해를 이루고 있었는데 다름 아닌 먼저 출근한 류승진 때문이었다.

'역시.'

대한은 자신의 전략이 먹혀들었음에 짜릿함을 느끼며 얼른 구석탱이에 주차했다.

그리고 슬쩍 간부들 사이로 다가가 함께 뿌듯해하는 류승진에게 아는 체를 해 보였다.

"류 원사님, 차가 번쩍거리는데 주말 내내 닦으셨나 봅니다?"

"힘 좀 줬습니다. 진짜 시간 가는 줄 모르고 차 만졌습니다."

"어쩐지 때깔이 그냥……."

얼마나 닦아댔는지 차량의 도장 면이 거의 거울 같았다.

그때, 느지막이 나온 박희재가 대한을 발견하고는 대한을 불렀다.

"대한아."

"소위 김대한!"

"그래, 류 원사랑 같이 차 보러 다녀왔다며?"

"예, 류 원사가 차 잘 골라 줬습니다."

"류 원사가 고생이 많았네. 고마워요."

"하하, 아닙니다. 저도 덕분에 좋은 차 한 대 뽑았습니다."

"안 그래도 정작과장이 차 구경 가 봐야 한다고 하도 이야기해서 나오긴 했는데……."

박희재는 귀찮다는 듯이 말하다 주차장에 세워져 있는 차를 보며 눈이 휘둥그레졌다.

"각 그랜저? 저게 왜 여기 있어?"

"어떻습니까, 대대장님. 기가 막히지 않습니까?"

"이야 이거……."

아니나 다를까, 박희재는 대한에게 무슨 차를 샀는지 물어보기는커녕 연신 각 그랜저 뜯어보기에 바빴고 얼마 뒤 시운전까지 하기 시작했다.

그것을 본 대한이 흐뭇하게 고개를 끄덕였다.

'역시 내 차가 뭐든 관심 없을 줄 알았어.'

박희재에게 차를 샀다는 보고까지 했으니 더 이상 대한의 차를 가지고 뭐라 할 사람은 없어 보였다.

그때, 뒤늦게 대한을 발견한 여진수가 대한에게 다가와 말했다.

"어, 대한아. 지금 왔냐?"

"충성! 예, 그렇습니다."

"그나저나 얘기 들었냐? 내일 온다더라."

"뭘 말씀이십니까?"

"국방일보 말이야."

"아!"

국방일보.

드디어 때가 왔다.

국방일보 방문 소식에 두 사람은 바로 정작과로 향했고 여진수가 공문을 보여 주었다.

"생각보다 금방 온 것 같습니다?"

"정훈장교가 일을 열심히 하는 것 같더라. 그리고 국방일보 쪽에서도 관심을 많이 가지고 있나 봐."

여진수가 내민 공문에는 대한이 개발한 컴뱃머슬 트레이닝(Combat muscle training) 관련 취재를 나온다는 내용이 적혀 있었다.

날씨 상황 보고 취재 나온다더니 날씨가 좋아지자마자 바로 올 줄이야.

"준비는 다 끝났잖아?"

"예, 오늘 오후에 병력들 데리고 예행연습 한 번만 하면 될 것 같습니다."

"그래, 준비하다 필요한 거 있으면 말하고."

"예, 알겠습니다. 이상이십니까?"

"이상이다, 일 봐라."

"예, 충성!"

대한은 정작과에서 나오자마자 바로 안유빈에게 전화를 걸었다.

"충성! 선배님, 통화 괜찮으십니까?"

–어, 대한아. 괜찮아. 말해.

"국방일보에서 취재 나온다는 공문 봤습니다. 고생하셨습니다."

–고생은 무슨, 날 좋을 때 온다고 미리 예고했잖아. 그나저나 이것 때문에 전화한 거야?

"그것도 있고…… 혹시 인성교육 방송은 언제 나오는지 알고 계십니까?"

–그거 오늘 나온다고 했는데 잠시만 확인하고 바로 연락 줄게.

"감사합니다. 혹시 방송 나오면 대대장님께 보여 드리러 오십니까?"

–주인공이신데 당연히 가야지. 바로 보여 드리려고.

"예, 알겠습니다. 그럼 방송 언젠지만 좀 확인 부탁드리겠습니다.”

–그래, 고생해라.

“예, 고생하십쇼. 충성!”

대한이 컴뱃머슬 트레이닝 취재를 준비하기 전 인성교육 방송이 꼭 나와야만 했다.

‘그래야 내 계획을 실행할 수 있으니까.’

대한은 간부연구실로 이동해 안유빈의 연락을 기다리며 바로 인터뷰 준비를 시작했다.

✵

방송이 나온 후, 안유빈이 요약 기사를 출력해 대대장실을 방문했다.

“대대장님, 정훈장교입니다.”

“정훈? 들어와.”

“충성! 보고드릴 사항이 있어서 왔습니다.”

정훈이면 단의 간부인데 왜 갑자기 자기를 찾아온 거지?

의아해하며 물었다.

“무슨 보고?”

“저번에 국방일보서 취재해 갔던 인성교육 관련 기사가 나와서 먼저 보여 드리려고 가져왔습니다.”

“그래?”

인성교육이란 말에 바로 입가에 미소를 그리는 박희재.

그 미소는 박희재 위주로 칭찬한 송창현의 인터뷰를 보고 더더욱 깊어졌다.

박희재가 흡족한 어투로 말했다.

“이 양반 말을 참 이쁘게 잘하네.”

“다른 부대에서도 반응이 좋은 것 같습니다. 발전하는 군대를 보여 주는 것 같다며 정훈 쪽에서도 저한테 칭찬을 많이 해 주셨습니다.”

“반응이 좀 있다는 말이지?”

“예, 각 군 장성급 지휘관분들에게도 보고가 들어갔고 외부 업체 섭외 관련 예산도 편성한다는 말을 들었습니다.”

“역시…… 대한이 이놈 참 대단해.”

“맞습니다. 후배지만 배울 게 참 많은 친구인 것 같습니다.”

박희재는 안유빈이 대한을 칭찬하자 마치 자기 아들이 칭찬받은 것처럼 기쁜 마음이 들었다.

‘워낙에 뛰어난 놈이라 주변에 적이 많지 않을까 걱정했는데 딱히 안 해도 되겠구먼.’

원래 잘날수록 시기와 질투를 사는 법.

하지만 안유빈도 그렇고 주변 간부들의 말을 들어 보면 대인관계도 원만한 것 같아 마음이 놓였다.

그도 그럴 게 이런 문제는 자기가 해결해 줄 수 없는 것이었으니까.

"단장님한텐 보여 드렸냐?"

"아직 안 보여 드렸습니다. 대대장님께 보고드린 뒤에 단장님께 보고드리려고 했습니다."

"그래? 그럼 얼른 올라가서 단장님한테도 보고드려."

"예, 알겠습니다."

"아, 단장님한테 보고하고 나서 나한테도 연락 한번 주고."

"예, 알겠습니다. 그럼 이만 올라가 보겠습니다. 충성!"

안유빈은 대대장실을 빠져나와 그대로 단장실로 향했고 박희재에게 보여 주었던 파일 그대로 이원영에게 보여 주었다.

이원영이 스크랩 기사를 얼마간 훑더니 표정을 굳히며 말했다.

"……내 언급이 없네?"

단장의 착 가라앉은 목소리.

안유빈은 지혜를 짜내야 했다.

"아, 아마…… 악마의 편집이 아닐까 싶습니다."

"악마의 편집?"

"방송에서 보면 일부러 편집을 이상하게 하는 편집을 악마의 편집이라고 하는데……."

"내가 그걸 몰라서 하는 소리겠냐? 그러니까 왜 굳이 악마의 편집을 하냐고 내가 뻔히 부대장인 걸 아는데? 이게 무슨 힙합 프로그램이야?"

"……죄송합니다."

죄송한 게 없지만 죄송하다고 해야 했다.

그게 군대니까.

그래서일까?

안유빈은 문득 박희재의 총애를 받는 대한이 부러워졌다.

"……제가 바로 국방일보 측에 한번 확인해 보겠습니다."

"확인은 무슨 확인? 됐으니까 나가."

"예, 죄송합니다. 충성."

쫓겨나듯 방을 나온 안유빈.

안유빈이 나가자 이원영은 두 눈을 감고 의자에 몸을 기댔다. 사실 안유빈에게 짜증 내선 안 됐지만 막상 기사를 보니 부아가 치밀어 불똥을 튀길 수밖에 없었다.

'아주 지가 주인공이지?'

이원영은 냉수를 들이켜며 화를 식혔다.

그렇게 릴렉스 하고 있길 얼마간, 단장실에 전화가 울렸다.

"예, 단장입니다."

–어, 이 대령. 기사 잘 봤어.

"……왜 전화했냐."

전화를 건 인물은 다름 아닌 이원영의 육사 동기 허재석 대령이었다.

그는 이원영과 같은 공병 대령으로 다른 부대의 단장을 하고 있었는데 방송을 보자마자 전화한 것이었다.

왜?

놀리려고.

허재석이 씩 웃으며 말했다.

—동기 부대가 기사 났는데 당연히 축하해 줘야 하지 않겠냐?

"어, 고맙다. 그럼 끊는다."

—야야, 잠깐.

"왜, 더 할 말 있냐?"

—있지.

"뭔데?"

—혹시 궁금해서 물어보는 건데 너희 공병단은 부대장이 희재냐? 왜 방송에선 희재만…….

쾅!

이원영이 거칠게 수화기를 내려놓았다.

"개자식…… 이럴 줄 알았다."

꼭지가 돌았다.

불난 집에 기름 붓는 것도 아니고.

이원영은 냉수 한 잔을 더 마신 후 눈을 감았다.

이럴 땐 명상이 최고니까.

그때, 누군가 노크도 없이 문을 벌컥 열고 들어왔다.

박희재였다.

"야, 삐졌냐?"

들어오자마자 박희재가 히죽거리며 놀린다.

이원영은 감은 눈을 뜨지도 않은 채 말을 이었다.

"……명상 중이니까 좀 나가 줄래?"

"명상까지 하시다니 단장님 속이 많이 상하셨나 봐요?"

이원영은 박희재의 약 올림에 다시 열이 들끓었다.

하지만 일부러 반응하지 않았다.

반응하면 할수록 더 좋다고 놀릴 놈이었으니까.

박희재도 그걸 알고 일부러 이원영의 책상 위에 놓인 국방일보 기사를 펼치며 감탄사를 내뿜었다.

"키야, 기사 한번 잘 뽑혔다. 안 그러냐?"

"……제발 좀 꺼져라."

"에이, 동기 맘이 상해 있을 걸 뻔히 아는데 당연히 와서 풀어 줘야지."

"풀어 주긴 씹…… 안 꺼져?"

"거 너무하신 거 아닙니까? 동기가 기껏 위로하러 와 줬더니?"

"너도 그렇고 재석이도 그렇고 너흰 나만 보면 못 괴롭혀서 안달이더라?"

"허재석? 그새 전화 왔나 보네, 역시 선수는 선수야. 걔랑 같이 군 생활했음 참 재밌었을 텐데."

"너희나 재밌겠지. 난 싫다."

"그러지 말고 내가 재미난 거 하나 들고 왔는데 한번 들어 보지 않으련?"

"놀릴 거면 나가라고 했다. 하극상으로 군기교육대 맛 좀 볼래?"

"에헤이, 한국말은 끝까지 들어 봐야 한다는 거 몰라?"

설마 여기서 2절을 할까 싶어 한쪽 눈만 슬쩍 뜨며 물었다.

"……뭔데?"

"내일 우리 부대 취재 나오는 거 알고 있지?"

"어, 오전에 보고 받았다."

"그거 네가 한 거로 해."

"뭐?"

"귀 먹었어? 네가 한 거로 하라고. 아참, 참고로 그것도 대한이가 기획한 거다?"

알고 있다.

보고 과정에서 다 들었으니까.

그래서 오전부터 배 아파 하고 있었다.

난 왜 저런 부하가 없는 거지? 하며.

근데 갑자기 나타나서 박희재가 그 건을 양보하겠다고 하니 당연히 놀랄 수밖에.

그러나 상대는 박희재.

이원영이 긴장을 늦추지 않으며 말했다.

"갑자기 무슨 꿍꿍이야?"

"꿍꿍이는 무슨. 그냥 우리 대한이 좀 잘 봐 달라고 하는 거지."

“정말 그게 다야?”

“그럼? 곧 퇴직할 내가 너한테 바라는 게 뭐가 있겠어?”

“그 녀석 진짜 아끼나 보네.”

“그걸 몇 번이나 말했는데 아직도 안 믿고 있었어?”

인성교육 건으로 놀려 먹는 건 한 번이면 족했다.

어차피 자신은 곧 퇴직할 몸.

공로 따윈 바라지도 않는다.

하지만 이원영은 달랐다.

이원영은 박희재와는 달리 대령이 되는 것에 성공했고 더 나아가 장성까지 노리고 있는 상황.

그러기 위해선 남들과 다른 차별화된 성과가 필요했고 대한이 계획한 컴뱃머슬 트레이닝은 그의 입장에서 아주 군침 도는 것이었다.

이원영이 그제서야 두 눈을 뜨며 물었다.

“정말 그게 다야?”

“속고만 살았나…… 됐고, 저번에 말했던 대로 이번 기회에 인사 쪽 애나 한 명 소개해 줘. 야, 솔직히 대한이 정도면 밀어줄 만하지 않냐? 걔 이제 겨우 소위인데 혼자서 하고 있는 것들을 봐라. 안 이쁘냐?”

“……이쁘긴 하지.”

솔직히 인정할 건 인정해야 했다.

만약 자신의 부하로 들어왔다면 아주 끼고 살았을 정도였으니까.

박희재가 말했다.

"난 요즘 개 보는 낙으로 산다. 손주가 있다면 그런 느낌이지 않을까 싶어."

"무슨 영감탱이처럼 이야기 하네. 누가 보면 곧 죽는 줄 알겠다."

"군인한텐 전역이 죽음이지 뭐. 아무튼 밀어줄 거야, 안 밀어줄 거야? 안 밀어줄 거면 이번 건 없었던 걸로 하고."

박희재의 반쯤 농 섞인 말투에 이원영이 얼마간 입을 다물더니 나직이 말했다.

"희재야."

"응?"

"요즘 많이 심란하냐?"

동기였다.

그 누구보다 오래 봤고.

그렇기에 이원영은 보았다.

웃으며 이야기 하는 얼굴에 가려진 동기의 슬픈 빛을.

그 물음에 박희재가 피식 웃었다.

"티 나냐? 사실 좀 아쉽지. 막상 전역할 때 되니까 군 생활이 왜 이리 재밌는지."

"대한이 때문이냐?"

"뭐, 그것도 없잖아 있지. 오랜만에 맘에 쏙 드는 놈이 나타

나니까 괜히 좀 더 있고 싶은 그런 느낌?"

"나 참…… 그럼 트레이닝 건 그냥 네가 하지 그러냐?"

"왜?"

"혹시 모르잖아, 네가 막차에 진급할지."

이원영은 진지했다.

하지만 박희재가 피식 웃으며 고개를 저었다.

그의 마음을 모르는 건 아니었다.

그리고 그 말이 틀린 것도 아니었고.

관운만 타고 났다면 진급은 언제든지 할 수 있는 거였으니까. 하지만 박희재는 그런 낭만에 더 이상 기력을 쏟고 싶지 않았다.

"원영아, 내가 진급할 확률이 높냐 네가 진급할 확률이 높냐?"

"……그건 모르지."

"그럼 다르게 물어볼게. 내가 요직에 앉을 확률이 높냐, 네가 요직에 앉을 확률이 높냐?"

"……아무래도 내가 높겠지."

"마음 써 주는 건 감동인데 마음만 받으마. 힘은 네가 좀 써 줘라."

박희재의 대답에 이원영은 더 말하지 못했다.

그저 계급의 무게가 어깨를 짓누를 뿐.

이원영이 말없이 담배 하나를 꺼냈고 그걸 본 박희재가 웃었다.

“집무실에선 담배 안 피운다더니?”

“시끄럽고 담배나 피워.”

이내 단장실에 연기가 차오르기 시작했고 이원영이 박희재에게 약속했다.

“그래, 내가 군복 벗기 전까진 확실하게 챙기마.”

“그래, 고생 좀 해 줘라.”

이원영의 약속에 박희재가 피식 미소를 짓는다.

이윽고 박희재가 나간 뒤, 이원영이 차현수에게 전화했다.

—충성! 전화 받았습니다.

“어, 인사장교. 잠깐 들어와 봐.”

갑작스러운 호출에 차현수가 급히 수첩을 들고 단장실에 들어왔다.

“충성! 부르셨습니까.”

“어, 내일 국방일보에서 취재 나오는 거 알고 있지?”

“아…… 예!”

“……몰라?”

“듣기는 했는데 단이 아니라 대대로 간다고 해서…….”

그 말에 이원영의 인상이 팍 쓰여졌다.

‘이 새끼는 3년 차라는 놈이 몇 달도 안 된 놈보다 더 멍청한 것 같아.’

여기서 말하는 몇 달 안 된 놈은 당연히 대한을 뜻했다.

물론 차현수의 말마따나 대대에서 하는 일을 단이 일일이 신경 쓸 건 없었다.

하지만 이처럼 외부에서 들어오는 건은 좀 달랐다.

같은 주둔지를 사용하며 상급부대가 대대를 관리하는 상황에 신경을 안 쓰고 있는 게 더 이상했으니까.

"일 좀 제대로 하자."

"……예, 죄송합니다."

"그래, 일단 죄송한 건 죄송한 거고. 내일 대대장이 인터뷰하는 게 아니라 내가 인터뷰하기로 했으니까. 관련 내용 좀 상세하게 파악해서 나한테 가지고 와."

"아, 예. 알겠습니다!"

차현수는 식은땀이 절로 흘렀다.

당장 하고 있는 것도 잘 못 하고 있는데 갑자기 또 새로운 일이라니.

차현수는 단장실을 나오자마자 바로 고종민에게 전화를 걸었다.

–충성. 인사과장입니다.

"어, 종민아. 물어볼 게 있는데 내일 국방일보에서 취재 나오는 거 자료 만들어 둔 거 있냐? 공문이나 대대장님 보여 드릴 거."

–어…… 따로 작성한 건 없습니다. 제가 잡고 있는 업무가 아니라서.

"응? 대대 인사가 안 하면 누가 하냐?"

–대한이가 다 하고 있습니다.

"대한? 김대한?"

–예, 그렇습니다.

"그, 그래. 일단 끊어."

–예, 알겠습니다. 충성.

전화를 끊은 차현수는 한숨을 푹 내쉬었다.

하필이면 대한이라니.

차현수는 대한이 껄끄럽…… 아니, 솔직히 말하면 무서웠다.

그래서 대한의 번호를 앞에 두고 한참 동안이나 망설였다.

한편.

대한은 간부연구실에서 서류 작업을 하던 중이었다.

이제 곧 마무리가 되어 가려는 찰나 휴대폰에 진동이 울렸다.

차현수였다.

'이 인간이 왜?'

대한은 고개를 갸웃거리며 전화를 받았다.

"예, 충성."

–어, 충성. 통화 괜찮니?

"예, 말씀하십쇼."

–그…… 단장님께서 내일 국방일보 취재 관련 자료 좀 받아 오라고 하셔서 그런데…… 혹시 자료 좀 받을 수 있을까?

차현수의 떨리는 목소리.

그에 대한이 피식 웃었다.

'귀여운 놈. 그나저나 이원영이 자료를 찾는 거면 계획대로 잘 풀렸나 보군.'

삐진 이원영에게 박희재가 트레이닝 건을 넘겨주며 자신을 챙겨 받기로 한 계획.

물론 챙겨 준다고 해서 얼마나 챙겨 주겠냐마는…….

'아군은 많을수록 좋고 적은 없을수록 좋으니까.'

심지어 상대는 단장.

최소 적으로는 돌리지 말아야 했다.

하지만 이렇게 자료를 요구하는 걸 보니 대한은 확신했다.

이원영 또한 확실한 아군이 될 것이라고.

대한이 말했다.

"그거 제가 직접 가져다 드리려고 했습니다. 선배님은 그냥 하던 일 하시면 될 것 같습니다."

–아, 그래? 그래도 단장님이 직접 불러서 지시하신 사항인데 내가 가야 되지 않을까?

참나.

네가 가면 제대로 설명이나 할 수 있고?

차현수가 이원영에게 제대로 보고하려면 대한이 일일이 가르쳐 주어야 했다.

하지만 가르쳐 준다고 해서 알아먹을지나 미지수.

그럴 바엔 자신이 직접 가는 게 낫다.

'상급자의 질문을 받아치려면 아는 게 많아야 하니까.'

어설프게 서류에 있는 내용만 알고 있으면 오히려 더 털리기 마련.

물론 차현수의 마음을 이해하지 못하는 건 아니었다.

나중에 이원영에게 혼날 것을 걱정하는 거겠지.

하지만 이러나저러나 털릴 거면 차라리 대한에게 맡기는 게 나을 터.

그래도 선배라고 대한이 차현수를 살살 달랬다.

"선배님, 이거 당장 내일 단장님께서 인터뷰하셔야 하는 급한 사항이지 않습니까?"

─……맞지?

"분명 단장님도 마음이 급하셔서 여러 가지 물어보실 텐데 답변 자신 있으십니까?"

─……아니.

그래도 이제 인정은 빠르네.

대한이 만족스러운 표정으로 말을 이었다.

"제가 단장님께 직접 보고하면서 선배님 생각도 안 나게 잘 말씀드리겠습니다. 그러니 제게 맡겨 주십쇼."

─그, 그럴까?

"예, 그게 현재로썬 제일 괜찮은 방법일 것 같습니다. 저도 서류 작성 거의 마무리했으니까. 이거 마무리되는 대로 바로 단으로 올라가겠습니다."

-그래, 고맙다. 대한아.

"아닙니다. 바쁘신데 고생하십쇼. 충성."

대한은 차현수와의 전화를 끊고는 서둘러 서류를 마무리했다. 그런 다음 필요한 자료들을 프린트한 다음 단장실 문을 두드렸다.

"단장님, 김대한 소위입니다."

"들어 와."

"충성!"

"어, 그래. 왜 왔어?"

"내일 취재 관련 자료 설명 때문에 방문하게 되었습니다."

"네가? 그건 내가 우리 인사한테 시켜 놓은 일인데?"

"인사장교가 보고드리는 것보단 제가 직접 보고드리는 게 단장님의 이해가 빠르실 것으로 판단되어 직접 가지고 왔습니다."

"……고생이 많구나."

순간 대한은 소름이 돋았다.

갑자기 저 양반이 왜 저러지?

뭐 잘못 먹었나?

기분 탓이 아니었다.

항상 자신을 매섭게 바라보던 눈빛은 온데간데없었고 목소리도 많이 따스했다.

설마 벌써 아군이 됐다고?

그런 거라면 이해가 되긴 한다만…….

'흠흠, 좋은 게 좋은 거지. 일단 일에 집중하자.'

대한이 손에 든 프린트를 이원영에게 건네었고 프린트를 넘겨주며 말을 이었다.

"순서는 보시는 것과 같이 전력 질주부터 탄약통 들고 달리기까지 순서대로 진행할 예정입니다. 운동 관련된 진행은 제가 할 것이고 단장님께서 인터뷰 하실 부분은 맨 뒷장에 있습니다."

"이걸 그대로 읽으면 되는 건가?"

"추가하실 말씀 있으시면 단장님께서 추가해 주시면 될 것 같습니다. 아무래도 제 생각만 들어간 것이기에 단장님의 생각보단 부족하지 않겠습니까?"

대한의 말에 이원영이 피식 웃었다. 그런 것치고는 대한이 쓴 인터뷰 내용은 거의 장성급 인터뷰처럼 써 왔기 때문.

"마음에도 없는 소리 하기는. 거의 장성들 인터뷰처럼 써 놨구만. 너도 자신 있으니까 이렇게 써 온 거 아냐."

"사실대로 말씀드리면 자신 없게 들고 오진 않았습니다."

"웃긴 놈이네. 알겠다. 내용이랑 인터뷰는 이걸로 충분하고 또 알아둬야 할 건?"

하나 더 있긴 했다.

프린트에 없는 내용이.

근데 이건 공짜로 공로를 가져갈 이원영을 골탕 먹이기 위해 만든 건데…….

'갑자기 친절해지니까 막상 시키기가 좀 미안해지네.'

물론 내일 취재에 있어 아예 필요 없는 건 아니었다.

오히려 가장 필요한 순서.

어쩌면 화룡점점이 될 수도 있는 부분이기에 대한은 고민 끝에 그냥 말하기로 했다.

"마지막으로 하나 부탁드릴 게 있습니다."

"뭔데?"

"이번 트레이닝은 단장님께서 직접 병력들과 함께 운동을 해 주셔야 합니다."

"……뭐?"

"최선을 다하는 부대장의 모습, 전 군에 알려야 하지 않겠습니까?"

대한의 말이 끝나기 무섭게 프린터를 잡고 있는 이원영의 손에 힘이 들어갔다.

✵

그날 오후.

대한은 대대 병력들을 모아 컴뱃머슬 트레이닝 연습에 돌입했다.

부대 사정상 처음 실시한 이후 한 번도 연습한 적이 없었다.

그렇기에 내일 죽는 한이 있어도 오늘내로 완벽한 모습을 만들어야 했다.

물론 자신은 있었다.

취재 특성상 모든 걸 보여 줄 필요는 없었으니까.

보여 주고 싶은 부분과 잘하는 모습만 보여 줘도 그림은 알아서 뽑힐 터.

대한은 병력들을 통제함과 동시에 훈련에서 미숙한 모습을 보이는 인원들을 순식간에 제외시켜 나갔다.

"거기, 팔 이상하게 휘젓는 인원! 생활관으로 복귀해!"

"더 잘할 수 있습니다!"

"안 돼! 내일 취재야! 나가!"

"힝."

제외당한 병사는 시무룩한 표정으로 생활관으로 복귀했다.

이 힘든 운동을 열심히 한다는 것 자체가 기특하긴 했지만 봐줘가면서 뽑기엔 시간이 없었다.

내일 있을 시연은 완벽해야 했으니까.

물론 관점에 따라 희한하게 보일 수도 있다.

힘든 훈련에 제외되면 좋아해야 정상인데 병사들은 어떻게든 남으려고 필사적이었으니까.

이유는 대한이 상품을 걸어 놨기 때문.

대한은 내일 취재를 위한 시범 병사 최후의 7인에게 하루짜리 휴가증을 부여하겠노라 말했다.

물론 휴가증의 출처는 대대장의 것이었다.

그렇기에 병력들은 그 어느 때보다도 의욕을 활활 불태우며 컴뱃 머슬 트레이닝을 반복하고 있었다.

"최후의 7인까지 얼마 안 남았다! 다들 힘내라!"

"예! 알겠습니다!"

그때, 휴가자 명단을 적기 위해 옆에서 구경하고 있던 고종민이 걱정스러운 투로 말했다.

"야, 대한아. 요즘 병력들한테 휴가 너무 많이 뿌리는 거 아냐? 이러다간 부대에 붙어 있는 애들이 없을 것 같은데?"

"에이, 선배님. 겨우 하루짜리 휴가증 가지고 뭘 그러십니까. 그리고 이 정도면 싸게 먹히는 거 아닙니까?"

"싸게 먹힌다니?"

"내일 전 군에 저희 부대를 알리는 날입니다. 멋진 모습을 보여 줄 인원들에게 하루짜리 휴가면 싸게 먹히는 거죠."

"그것도 그런데……."

"그럼 선배님이 대신 해 보시겠습니까? 선배님도 체력 좋으시지 않습니까, 그럼 휴가도 하루 아낄 수 있는데……."

그 말에 고종민이 바로 현실을 깨닫고 어색하게 웃었다.

"하하, 아냐. 내가 실언했다. 가서 대대장님한테 휴가 좀 더 얻어 올까?"

"역시, 선배님이십니다. 하지만 마음만 받겠습니다."

역시 사람은 막상 코앞에 위험이 닥쳐야 현실을 깨닫는다.

그때, 고종민이 별안간 스프링처럼 자리에서 일어나 경례를 올렸다.

"충성!"

"어, 그래. 충성."

고종민이 경례를 올린 사람.

이원영이었다.

이원영은 대한의 요청대로 훈련 연습을 위해 체육복을 입고 연병장으로 나왔다.

이원영이 훈련하는 병력들을 둘러보며 말했다.

"확실히 듣는 거랑 보는 건 또 다르네."

"직접 하는 건 또 다르실 겁니다. 연습하러 오신 겁니까?"

"그래, 내일 직접 시범도 보여야 하는데 숙련된 모습을 보여줘야지."

"그럼 지금 바로 같이 해 보시겠습니까?"

이원영이 고개를 끄덕이며 몸을 풀기 시작했다.

그때였다.

"단장님! 파이팅 하십쇼!"

누군가의 응원.

박희재였다.

이원영도 같이 훈련 뛴다는 말에 그만 참지 못하고 헐레벌떡 구경나온 것.

이원영이 물었다.
"대대장은 한가한가? 들어가서 일이나 보지?"
"야근하는 한이 있더라도 이건 꼭 봐야 되겠습니다!"
"참나."
그 말에 이원영이 피식 웃는다.
아마 동기 고생하는 거 보고 깔깔 웃으려고 온 걸 테지.
그렇기에 단장으로서 위엄을 보여 줘야겠다는 생각이 들었다.
이원영이 말했다.
"자, 주목."
"주목!"
이원영의 주목에 훈련하던 병사들이 일제히 멈춰 서서 주목을 외친다.
이원영의 말이 이어졌다.
"이제부터 나도 같이 훈련할 건데 최종적으로 나보다 더 잘하는 놈들 있으면 내 이름으로 포상휴가 준다."
"저, 정말이십니까?!"
"그래. 할 수 있다면 말이야."
병사들이 환호하기 시작한다.
그러나 이원영은 웃었다.
아니, 치타는 웃고 있었다.
삐릭!

휘슬이 울렸다.

그와 동시에 자신의 차례가 된 이원영은 달리기 시작했다.

그런데…….

"와."

"단장님, 엄청 잘 뛰시네?"

"노익장인가."

병사들은 물론 구경하던 간부들 모두 감탄하기 시작했다.

그러나 그건 시작에 불과했다.

이원영은 달리기를 1등으로 끝난데 이어 베어워크는 물론 환자 끌기와 탄약통 달리기까지 병사들만큼…… 아니 병사들보다 뛰어난 실력을 보여 주며 새롭게 등수를 갈아치웠다.

"단장님 힘도 쎄시구나……."

특히 고종민이 많이 놀랐다.

그 말을 들은 박희재가 피식 웃으며 말했다.

"신기하냐?"

"솔직히 그렇습니다. 단장님 몸 좋으신 건 알고 있었지만 수행능력까지 뛰어나실 줄은 몰랐습니다."

"당연하지. 저건 풍선 근육 같은 게 아니라 훈련으로 다져진 실전 근육이니까. 근데 그거 아냐? 단장님, 지금 말고 옛날에는 더 날아다니셨다."

"정말입니까?"

"위관 때는 어마어마했지. 근데 육사 시절에는 더 좋았다고 하시더라. 4년 내내 체력으로 수석 먹으셨다나 뭐라나. 체력 검정에서 한 번도 특급을 놓친 적이 없는 사람인데 나이 먹었다고 그 능력이 떨어질까."

세상에.

그런 이력을 가지고 있었다니.

대한은 진심으로 놀랐다.

그도 그럴 게 체력 특급 맞는 건 별로 어려운 일이 아니지만 육사에서 4년 내내 1등은 차원이 다른 이야기였으니까.

'날고 기는 괴물들 사이에서 1등이라.'

그야말로 재능.

아니, 재능 있는 사람이 노력까지 하니 그 두 개가 시너지를 만든 것. 그런 사람에게 이까짓 트레이닝 따윈 껌일 테지.

그래서일까?

이원영의 모범은 오히려 병사들의 투지를 꺾는 게 아닌 도전 정신을 활활 타오르게 했다.

'아무리 그래도 내가 더 젊은데!'

'포상휴가!'

'단장님만 제끼면 내가 부대 1등이다!'

'내가 계급이 낮지 체력이 딸리겠냐!'

그러나 훈련이 끝날 때까지 그 누구도 이원영을 꺾지 못했고 마침내 이원영이 1등으로 마무리되며 최후의 시범단원들이 선발될 수 있었다.

이원영이 고생한 병사들을 둘러보며 씩 웃었다.

“다들 고생했다. 여기 있는 인원 모두에게 휴가 1일 부여한다.”

“와아아아!!”

비록 병사들 중 그 누구도 자신을 넘지 못했지만 그래도 노력하는 병사들이 기특했는지 시원하게 휴가를 쐈다.

병사들은 열광했고 이원영은 땡볕에 고생한 병사들을 더 붙잡지 않고 얼른 막사로 올려 보냈다.

병사들을 먼저 올려 보낸 이원영이 그제서야 고개를 돌려 대한에게 물었다.

“이만하면 됐나?”

“예, 너무 멋지십니다. 그리고 병사들에게 모범을 보여 주셔서 정말 감사드립니다.”

“간만에 같이 훈련 뛰니 좋네. 그럼 수고하고.”

“충성!”

쿨하게 퇴장하는 이원영.

대한은 이원영이 새롭게 보이기 시작했다.

⁂

다음 날.

취재 팀은 일과가 시작하기 무섭게 부대를 방문했다.

준비는 끝났다.

대한은 연병장에서 취재 팀을 기다렸다. 그도 그럴 게 어차피 연병장 이외에 보여 줄 건 없었으니까.

그사이 취재 팀은 먼저 만난 이원영과 가볍게 대화를 나눈 뒤 그제서야 대대 연병장으로 내려왔다.

같이 내려온 이원영이 대한을 발견하자마자 취재 팀에게 넌지시 말했다.

"우리 김대한 소위가 준비를 많이 했으니 인터뷰는 김대한 소위 위주로 하면 됩니다."

"소위면 부대 온 지 얼마 안 된 인원 아닙니까?"

"예, 맞습니다."

취재 팀은 고개를 갸웃거렸다.

카메라맨은 물론 리포터까지 일반인이긴 했지만 그들이라고 어찌 소위의 위치를 모를까.

심지어 지금 시즌의 소위는 아직 상급자의 신임은커녕 소대원들을 장악하지도 못 하는 햇병아리 수준일 터.

그런데 소위 위주로 인터뷰라니?

'그냥 하는 소리겠지?'

순간 소위 뒷배에 장성이라도 있나 싶었지만 그게 무슨 상관일까?

그때 취재 팀의 아리송한 표정을 본 이원영이 그들의 생각을 읽었는지 씩 웃으며 말했다.

"가서 직접 이야기 나눠 보시면 생각이 좀 바뀌실 겁니다."

"예. 뭐. 알겠습니다."

저렇게까지 말하는데 굳이 뒷말을 덧붙일 필요는 없다고 생각했다.

이윽고 취재 팀이 대한에게 다가가자 대한은 즉시 미리 준비해 둔 인터뷰 장소로 그들을 안내했다.

그곳은 부대 전경이 잘 나오는 위치였는데 인터뷰 장소를 본 리포터가 한쪽 눈썹을 슬쩍 들었다.

'다른 간부가 미리 알려 준 거겠지?'

그도 그럴 게 인터뷰는 단순히 인터뷰만 하는 게 아니다.

짧은 인터뷰라도 어쨌든 영상 촬영을 하는 만큼 뒷배경도 신경을 써야 했는데 대부분은 그 사실을 잘 모르기에 자신들이 직접 현장에서 장소 수색에 나섰다.

그런데 오자마자 마음에 쏙 드는 인터뷰 장소 제공이라니.

물론 대한의 능력이라고 생각하지 않는다. 어느 센스 좋은 상관이 알려 준 거겠지.

리포터와 카메라맨이 고개를 한 번씩 끄덕인 후 곧바로 촬영 준비를 시작했다.

그때, 대한이 말했다.

"더우실 텐데 인터뷰는 가급적 한 번 만에 끝낼 수 있도록 노력하겠습니다."

"예? 아, 그래 주시면 저희야 감사하죠. 질문지 드릴까요?"

보통은 질문지를 미리 주거나 주제를 먼저 알려 준다.

왜냐면 초급 간부들은 인터뷰 쪽으론 초보이기 때문에 이렇게 하지 않으면 몇 번이나 다시 찍어야 하기 때문.

그러나 대한은 고개를 저었다.

"괜찮습니다. 충분히 연습했습니다."

"아, 네."

뭘까.

저 자신감은?

그냥 객기 같은데…….

코웃음밖에 안 나왔지만 단장이 한 말도 있고 하니 한번 시험해 보기로 했다.

"알겠습니다. 그럼 소위님만 믿고 바로 인터뷰 시작하겠습니다. 시선은 카메라 옆에 두고 편하게 답변해 주시면 됩니다."

"예."

"그럼 첫 번째 질문입니다. 단장님께서 김 소위님이 준비를 가장 많이 하셨다고 칭찬을 아끼지 않으시던데 어떤 준비를 하셨는지 한번 들어 볼 수 있을까요?"

일부러 첫 질문에 단장을 언급하여 부담을 가중해 보았다.

보통은 여기서 역량이 드러나는데 이는 리포터의 단골 시험법이기도 했다.

그러나 대한은 질문을 듣자마자 막힘없이 대답을 내놓기 시작했다.

"제가 이 부대에 처음 전입왔을 때 단장님께선 말씀하셨습니다. 소대장의 가장 큰 임무는 소대원들을 전장에서 즉각 임무수행이 가능한 상태로 만드는 것이라고 말입니다. 이에 저는 즉각 고민에 들어갔고 오랜 고민 끝에 제 고민의 결과를 단장님께 말씀드렸습니다. 그렇게 탄생한 것이 바로 컴뱃머슬 트레이닝입니다."

군더더기 없는 대답.

말이 빠르지도 느리지도 않았고 딕션도 성량도 훌륭했다.

그래서 놀랐다.

이게 소위라고?

리포터는 살짝 당황했으나 프로답게 침착함을 유지하며 다음 질문을 이어 나갔다.

"……소대원들을 생각해서 이런 트레이닝을 만들어 내셨다니 참 대단하신 것 같습니다. 그럼 이번 트레이닝을 준비하면서 가장 힘들었던 점이 있을까요?"

"힘들었던 점은 아무래도 운동장비 조달이 가장 힘든 점이라고 할 수 있을 것 같습니다."

"자세한 설명을 좀 부탁드리겠습니다."

"예, 부대에 예산이 남아 있던 상황이 아니었기에 부대가 가지고 있는 것들을 최대한으로 활용해 트레이닝을 준비해야 했습니다. 그래서 적합한 장비들을 찾는 과정이 이번 준비에서 가장 힘들었습니다."

"확실히 예산 문제가 항상 큰 문제로 대두되죠. 그래도 다행히 공병단은 그 문제를 잘 극복하셨나 보네요?"

"예, 기존에 간부들이 물자관리를 잘 해놓은 덕분에 장비 조달 문제는 금방 해결할 수 있었습니다."

"부대 간부들이 참 일을 잘하고 있다고 생각되는 부분인데요. 혹시 이 방송을 시청할 다른 부대에게 도움이 될 말씀이 있을까요?"

"만약 이 방송을 보시고 컴뱃머슬 트레이닝을 준비하시게 된다면 꼭 저희 부대와 똑같은 장비를 쓸 필요는 없다고 생각합니다. 각자 부대에 가용할 수 있는 물자가 다르기에 부대 상황에 맞춰 준비를 하신다면 이 트레이닝이 더욱 발전할 수 있을 거라 생각됩니다. 이상입니다."

"네, 그럼 여기까지 김대한 소위의 인터뷰를 마치겠습니다."

카메라맨이 오케이 사인을 보내자 리포터도 마이크를 내려놓았다.

그리고 인정할 수밖에 없었다.

단장이 왜 그런 말을 했는지를.

그렇기에 바로 박수를 치며 말했다.

"소대장님, 말씀 정말 잘하시네요. 여태 본 인터뷰어들 중 가장 인터뷰를 잘하신 것 같습니다."

"감사합니다. 날도 더운데 최대한 빨리 끝내 드려야죠."

리포터의 칭찬에 대한이 피식 웃었다.

사실 대한은 전생에 이런 인터뷰를 몇 번 해 봤다.

그래서 이런 대처가 가능했던 것.

'물론 처음 인터뷰를 했을 땐 나도 몇 번이나 다시 촬영했었지.'

그땐 겨울이었는데 자꾸만 촬영 시간이 길어지자 어찌나 미안하던지.

그래서 다음 인터뷰 때부턴 청심환도 먹고 꽤 많은 연습 끝에 인터뷰에 임했는데 그 노력이 지금 빛을 발하는 듯했다.

대한이 물었다.

"그럼 이제 바로 트레이닝하는 거 찍으실 겁니까?"

"예, 그럴 예정입니다."

리포터의 끄덕임에 대한은 병력들을 한번 둘러본 후 취재팀에게 물었다.

"혹시 오신 김에 직접 한번 체험해 보시겠습니까?"

"체험이요?"

"예, 직접 경험해 보시면 더 좋은 방송이 되지 않겠습니까."

"그건 그런데…… 누가?"

그 말에 대한과 카메라맨이 리포터를 바라보았다.

어차피 답은 정해져 있었다.

카메라맨이 카메라를 놔두고 체험할 순 없지 않겠는가?

대한이 웃으며 말했다.

"체육복 준비해 드리겠습니다."

나다 싶으면 빨리 나와야지.

어차피 할 사람은 하나뿐이었으니까.

✱

삐이이이익!

우렁찬 호각소리와 함께 병사들이 질주하기 시작한다.

이윽고 트레이닝 루틴 1회가 끝나자 대한이 리포터에게 물었다.

"순서는 대충 아시겠습니까?"

"예, 뭐……."

리포터가 조금 걱정스러운 표정으로 대답하자 대한이 얼른 그를 다독였다.

"그래도 너무 걱정하지 않으셔도 됩니다. 제가 옆에 붙어서 자세하게 알려 드리겠습니다."

"……알겠습니다."

"아, 그리고 저희 단장님도 이번 트레이닝에 직접 참가하십니다."

"단장님도요?"

그 말에 리포터가 깜짝 놀란 표정을 짓는다.

저렇게 힘들어 보이는 훈련을 대령씩이나 되는 사람이 직접 뛴다고?

인터뷰한다고 너무 무리하는 거 아냐?

그때, 준비를 마친 이원영이 리포터 옆으로 다가왔다.

"허허, 준비되셨습니까?"

이원영은 체육복이 아닌 군복을 입고 트레이닝에 참가했다.

애초에 이건 훈련의 일종이었으니까.

그래서일까?

이원영이 정말로 참가한다고 하자 리포터는 문득 그런 생각이 들었다.

'사실 이거, 보기만 힘들어 보이는 거고 할 만한 거 아냐?'

그게 아니라면 단장씩이나 되는 사람이 순순히 참가할 리가 없을 테니.

그래서 씩씩하게 대답했다.

"물론입니다."

"좋습니다. 그럼 바로 투입하시면 되겠습니다."

이윽고 이원영 옆에 리포터가 서고 빈자리를 병사들이 메꿨다.

삐릭!

대한이 호각을 불었고 그와 동시에 모두가 앞으로 튀어나가기 시작했다.

그런데.

'어, 어?'

뭐야?

저 사람 왜 저렇게 빨라?

대령이잖아?

리포터의 눈이 휘둥그레 커졌다.

그러나 이원영은 어제와 마찬가지로 이번에도 1등으로 달리기를 마친 뒤 바로 베어워크에 들어갔다.

무서운 속도였다.

고작 어제 하루 연습했을 뿐인데 그새 익숙해져서 다른 병사들을 추월하다 못 해 루틴을 모두 끝낸 뒤 다시 리포터가 있는 곳으로 돌아올 지경에 이르렀으니까.

"자, 좀 더 힘내시죠! 고지가 거의 다 왔습니다!"

죽을 맛이었다.

중간에 포기하고 싶었는데 단장이 곁에 붙어 응원하니 포기할 수도 없고.

그렇게 리포터는 목구멍까지 치솟는 구토를 참으며 간신히 루틴을 끝마칠 수 있었고 그것을 본 이원영이 입꼬리를 씩 올렸다.

'그러게 우리 대한이는 왜 무시하고 그러나.'

사실 이렇게까지 할 생각은 없었다.

아까 대한이 위주로 인터뷰 하라고 했을 때 시큰둥한 반응만 보이지 않았다면.

그래도 이번 일을 계기로 이제 두 번 다시 방심하지 않겠지.

이원영이 물었다.

"어떻습니까. 할 만하죠?"

"허억, 허억. 다신, 다신. 못 할 것 같습니다."

"그래도 양질의 취재를 위해 한번 정도는 다시 하심이……."

"아, 아닙니다! 충분합니다!"

그 말을 들은 대한도 웃었다.

트레이닝에 리포터를 참여시킨 건 의도된 작전이었으니까.

'역시 몸이 힘들어야 취재가 빨리 끝나지.'

덕분에 취재는 생각했던 것보다 훨씬 빨리 끝났고 이원영은 병사들을 해산시키라 명령한 뒤에 취재 팀과 함께 단장실로 향했다.

단장실로 이동하기 전 이원영이 대한의 어깨를 두드리며 말했다.

"고생했다."

"단장님도 고생 많으셨습니다."

"인터뷰 마무리는 내가 확실하게 매듭지을 테니 끝나면 이따 올라와라. 차나 한잔하자."

"예, 알겠습니다!"

이원영의 격려.

그것은 마치 뒤를 맡기라는 전우의 그것과도 같았다.

그래서일까?

대한은 그에게서 유대감과 전우애를 느낄 수 있었고 동시에 상쾌함과 뿌듯함을 느꼈다.

마치 큰 산을 넘었을 때처럼.

✱

이원영은 취재 팀을 위해 시원한 에어컨과 얼음물을 대령했다.

리포터가 얼음물을 들이켠 후 후들거리는 팔을 진정시키며 말했다.

"역시 군인은 아무나 하는 게 아닌 것 같습니다. 정말 존경스럽습니다."

"하하, 오랜만에 하셔서 그런 겁니다. 꾸준히 하면 별로 안 힘듭니다."

"어휴, 아닙니다. 차라리 술을 한번 덜 먹고 말죠."

화기애애한 분위기 속에서 인터뷰가 진행됐다.

카메라는 껐다.

이제부터 할 인터뷰는 영상이 아닌 기사로만 나갈 것이기에.

리포터가 녹음기를 꺼내 놓으며 말했다.

"마지막 인터뷰는 영상이 아니라 기사로만 나가서 녹음을 좀 해 두고 싶은데 괜찮으실까요?"

"예, 상관없습니다."

"그럼 바로 진행하겠습니다. 혹시 현장에서 못한 말씀이나 하고 싶으신 말씀이 있으시면 지금 편하게 말씀해 주시면 됩니다. 제가 알아서 잘 정리해서 쓰겠습니다."

"흠, 아까 못한 말이라…… 저희 공병단은 공병 병과뿐만 아니라 육군의 발전을 위해 최선을 다하는 부대입니다."

일단은 정석대로 시작했다.

사실 따로 할 말은 없었다.

대한이 모두 준비한 것이었고 숟가락만 얹는 것이었으니.

그렇다고 전 군에 부대 자랑할 수 있는 기회를 놓칠 순 없었기에 이원영은 미리 준비해 온 말들을 꺼내기 시작했다.

"거기다 제 지휘의도에 맞춰 간부들이 너무 잘해 주고 있기에 이런 좋은 결과가 나왔다고 생각합니다."

"단장님의 지휘의도가 어떤 것인지 여쭤봐도 되겠습니까?"

"군인으로서 부끄럽지 않게 행동하라는 것이었습니다."

"어…… 좀 더 구체적으로 설명해 주시겠습니까? 지휘의도와 컴벳머슬 트레이닝의 연관성이 좀 부족한 것 같아서요."

당연한 반응이었다.

실제로 연관은 없었으니까.

하지만 말이란 건 코에 붙이면 코걸이, 귀에 붙이면 귀걸이인 법.

대한이 써 준 대본에는 이미 해결책이 있었다.

"쉽게 생각하시면 됩니다. 간부들 각자 어떤 군인이 되고자 하는지 생각하게 만들고자 했고 그 결과 본인이 군인으로서 해야 할 일들을 찾아서 저한테 제안하기에 이르렀습니다."

"아! 부하들이 역량을 펼칠 수 있도록 판을 깔아 주신 거군요?"

"그런 셈이죠. 다들 훌륭한 간부들이지만 사실 군대처럼 계급이 존재하는 집단에선 자신의 생각을 함부로 말하기가 힘든 법이니 말입니다."

"역시 아까 김대한 소위에 대해 칭찬하실 때도 그렇고 평소 하급자들과 자유로운 분위기를 조성해 주셨으니 이번의 컴뱃 머슬 트레이닝처럼 좋은 결과가 나온 게 아닐까요?"

"요즘 군대는 옛날처럼 딱딱한 분위기가 아니니 가능했던 것 같습니다. 그래서 전 앞으로도 지휘관으로서 다른 간부들의 의견을 적극적으로 반영할 생각이고 이를 말미암아 군을 더욱 더 발전시킬 생각으로 군 생활에 임할 예정입니다."

그 말에 리포터가 입꼬리를 올렸다.

'깔끔하네. 거기다 출신도 완벽하고. 이 정도면 조만간 영전하시겠는데?'

이건 오랜 리포터 생활로 다져온 일종의 감이었다.

실제로 그가 높게 평가했던 군인들은 하나같이 높은 곳으로 올라간 경우가 많았으니까.

뒤이어 이원영이 말을 덧붙였다.

"아참, 그리고 조금 전까지 같이 통제하던 소대장 있지 않습니까."

"예, 김대한 소위 말씀하시는 거죠?"

"그 친구만큼 군 발전에 생각이 깊은 소위는 제 군 생활 중에 처음입니다. 이 말을 꼭 해 드리고 싶었습니다."

"아……."

그 말에 리포터가 나직이 감탄했다.

소위의 뒷배가 누군가 했더니 설마 같은 부대의 단장이었을 줄이야.

그렇기에 리포터는 찰떡같이 알아들었다.

'밀어주고 싶다는 거지? 잘 써 드려야겠네.'

물론 이원영이 이렇게 말한다고 한들 굳이 잘 봐줄 이유는 없다. 하지만 취재 팀 입장에서 이건 일종의 투자였다.

'그 소대장 친구가 만약 이번 인터뷰를 계기로 좋은 자리를 찾아가게 된다면 그건 그것대로 큰 재미니까.'

사실 국방일보 취재라고 해 봤자 다 비슷하다.

그래서 지루하지 않은 취재를 만들려면 평소에 씨를 많이 뿌려 두어야 하는 법. 더군다나 이원영 덕분에 취재 팀은 대한에게 큰 호기심이 생겼다.

보통 대령이 직접 초급 간부를 밀어주는 경우는 드물었으니까.

'밀어준다고 해도 소령을 앞둔 대위나 밀어주지 소위를 미는 경우는 거의 없지.'

한낱 소위 따윌 밀어줘서 뭐가 남는다고?

그래서 궁금해진 것이다.

리포터가 고개를 끄덕이며 말했다.

"제가 잘 한번 써 보겠습니다. 단장님."

"신경 써 주셔서 감사합니다."

리포터는 수첩에 김대한의 이름과 출신, 군번을 확실하게 적어 갔다.

⁂

이윽고 취재를 마친 취재 팀이 돌아갔고 이원영은 그제야 한시름 놓았다며 냉수를 들이켰다.

그때 전화가 울렸다.

발신자는 '삶의 이유'.

와이프였다.

'무슨 일이지?'

의아했다.

아내는 남편의 군 생활에 누가 될까 정말 급한 일이 아닌 이상 이원영이 근무 중일 땐 절대로 먼저 연락하지 않았으니까.

그래서 얼른 전화를 받았다.

"웬일이야? 일과 중에 먼저 전화를 다 주고."

마침 인터뷰 건도 잘 해결됐겠다.

기분 좋게 전화를 받았다.

그러나 수화기 너머로 들려오는 목소리는 전혀 다른 분위기였다.

–미안해요, 여보…….

축 처진 아내의 목소리.

평소와 다른 분위기에 이원영은 소파에 붙였던 등을 떼며 바로 앉아 물었다.

"왜 그래? 무슨 일 있어?"

–나 건강검진 결과 나왔어요.

일전에 대한이 해 준 말 때문에 받았던 건강검진이었다.

그때 이원영도 함께 받았는데 별다른 이상이 없었던 자신과는 달리 아내는 추가 검사를 받았고 오늘 그 결과가 나와 전화를 한 것.

그래서일까?

이원영은 갑자기 긴장되기 시작했다.

"별일…… 없지?"

–그게…….

"왜? 어디 안 좋대?"

떨리는 아내의 목소리.

이원영의 미간이 좁혀졌다.

불길한 예감이 들었기에.

아내가 말했다.

–나 췌장암 1기고 수술해야 한대요…….

"뭐? 췌장암 1기?"

이원영의 눈이 휘둥그레 커졌다.

암?

암이라고?

심지어 수술해도 생존률이 낮다고 알려진 췌장암?

어이가 없었다.

왜?

왜 하필이면?

이원영의 심장이 빠르게 뛰기 시작했다.

하지만 그는 최대한 침착하기 위해 노력했다.

그도 그럴 게 아내가 듣고 있었으니까.

지금 가장 심란한 건 아내일 터.

자기까지 흥분해선 안 됐다.

그렇기에 이원영은 최대한 별것 아니라는 듯 태연하게 말을 이었다.

“여보, 일단 진정해. 1기면 제알 일찍 발견한 거니까 너무 걱정하지 마.”

–의사 선생님도 그렇게 말씀해 주시긴 했는데…….

“거 봐, 의사도 그리 말했잖아. 그러니까 너무 걱정하지 마. 요즘 암은 암도 아니래. 그보다 수술은 언제 받기로 했어? 일정은 나왔고?”

암 수술은 생각보다 일정 잡기가 어렵다.

환자가 많기 때문이다.

이원영이 최대한 아내를 다독이듯 말하자 아내가 떨리는 목소리로 대답했다.

–잘하면 이번 달 안으로 받을 수 있고 늦어도 다음 달 안에는 받을 수 있대요. 그리고 내일부터 수술할 때까지 항암치료도 병행한대요.

다행이었다.

별일 없을 거라 생각해서 아내의 친정 근처 병원에서 검진을 받았는데 그게 호재로 작용할 줄이야.

"여보, 내가 주말에 올라갈 테니까 친정에서 편하게 쉬고 있어. 알겠지? 아니다, 내가 내일 바로 올라갈게."

–아니에요. 올라와도 할 게 없는데 뭐 하러…… 급하게 올라오지 말고 일 마무리 잘해 놓고 주말에 올라와요.

그녀의 말에 이원영은 마음이 먹먹해졌다.

이 와중에도 일하는 남편부터 생각하다니…….

생각해 보면 그녀는 늘 자신이 먼저였다.

비록 첫눈에 반해 먼저 대시한 건 자신이지만 그녀는 자신의 여자가 된 이후부터 정말로 내조를 열심히 해 왔으니까.

이원영은 문득 옛날 생각이 떠올랐다.

그 옛날 자신이 소령이던 시절.

모시던 지휘관에게 아무 이유 없이 찍혀 가장 고생하던 때, 그녀가 직접 지휘관 사모의 수발을 들어가며 지휘관의 마음을 대신 얻어 주었을 때를.

그렇기에 이원영은 단 한 번도 자신이 잘나서 이 자리까지 올라왔다고 생각하지 않았다.

그녀가 지금의 자신을 만들어 주었다고 생각했다.

'평생 행복하게 해 주겠다고 약속했는데…….'

그런데 암이라니.

미안했다.

너무 미안해서 울대가 시큰하고 눈앞이 흐려졌다.

아내는 이원영이 아무 말도 하지 않자 웃으며 말을 이었다.

―그래도 당신이랑 이야기하니까 떨리던 게 좀 멈추네.

"……전화 끊지 말자, 그럼."

―하하, 아니에요. 당신 일해야지. 일단 집 가서 쉬고 있을 테니까 퇴근하면 전화해요.

"……알겠어. 집 가서 푹 쉬고 있어."

잠시 후, 전화를 끊은 이원영은 자리에 앉아 연거푸 담배를 피워 댔다.

허공에 이원영의 한숨이 부서진다.

⁂

한편, 연병장 정리를 마친 대한은 이원영의 연락도 기다릴 겸 박희재의 호출을 받아 대대장실에서 시간을 보내고 있는 중이었다.
"너도 참 대단한 놈이야. 이런 거 만들어 놓고 남 주기 쉬운 일이 아닌데."
"단장님이 남도 아니고 괜찮습니다."
"어허, 이놈 봐라. 아직 대대 간부로서 교육이 덜 됐구먼?"
"아…… 대대의 주적은 단이라는 것 말씀이십니까?"
"크큭, 그래. 잘 알고 있네. 근데도 그래?"
"하핫, 죄송합니다. 좀 더 유념하겠습니다."
"항상 조심하란 말이야. 이번에는 대가를 받을 수 있겠지만 항상 받을 수 있는 건 아니니까. 군대에서 본인의 공은 본인이 챙겨야 하는 거야. 알겠냐?"
농담조로 이야기했지만 진심이었다.
군대든 직장이든 자기 밥그릇은 자기가 챙기는 거니까.
대한도 고개를 끄덕이며 동의했다.
'이 양반 말이 맞아. 항상 조심해야지.'
그때, 박희재의 휴대폰이 울렸다.
이원영이었다.
"어, 인터뷰 끝났냐?"
—……그래.
"끝나고 대한이한테 차 한잔하자고 했다면서? 같이 마시려고 대대장실에서 기다리고 있는데 지금 가면 되나?"
—……어, 같이 올라와라.

통화가 종료됐다.

근데 뭔가 좀 이상했다.

'이 자식이 왜 이러지?'

평소와는 다르게 착 가라앉은 목소리.

피곤해서 그런 것 같아 보이진 않았다.

박희재가 대한에게 물었다.

"아까 단장님 힘들어 보이시든?"

"예? 전혀 아닙니다. 그 힘든 트레이닝도 땀 한 방울 안 흘리고 해내셨습니다."

그럼 뭐지?

백문이 불여일견이라고 박희재는 직접 보고 판단키로 했다.

그렇게 생각하며 단장실 문을 열을 때였다.

"어, 어?"

문을 열자마자 쏟아지는 매캐한 연기.

화생방을 방불케 하는 담배 연기들이 단장실을 가득 채우고 있었다.

그리고 그 중심에는 이원영이 앉아 있었다.

"어우, 대한아. 저기 창문 좀 다 열고 부채질 좀 해라. 냄새 빠지게."

"예, 알겠습니다."

박희재도 단장실 창문을 열며 말했다.

"뭐야? 요즘 단장실에서 담배 피우는 거 맛 들리셨습니까?"

박희재의 물음.

그러나 이원영은 대답하지 않았다.

그저 멍하니 허공을 바라볼 뿐.

박희재가 옆에 앉아 닦달하자 이원영이 그제서야 입을 열었다.

"희재야…… 우리 와이프 암이란다. 췌장암."

"뭐?"

그 말에 박희재는 물론 대한의 눈 또한 휘둥그레 커졌다.

Chapter 5

순간의 정적.

먼저 정적을 깬 건 박희재였다.

"진짜야?"

"어…… 1기린다."

그 말에 박희재가 대한의 눈치를 보기 시작했다.

이 자식은 둘이 있을 때나 그런 말을 하지 왜 갑자기 이런 얘길 꺼내가지고선.

눈치 보는 박희재에게 이원영이 말했다.

"너무 안절부절 안 해도 된다. 대한이랑 같이 있다길래 부른 거니까."

"일부러 불렀다고?"

"와이프한테 건강검진 받아 보라고 한 게 대한이거든."

그 말에 박희재의 눈이 휘둥그레 커지며 대한을 쳐다보았다.

"진짜야?"

"아, 예. 그렇습니다."

"왜?"

"저희 어머님도 췌장이 안 좋으십니다. 근데 일전에 사모님을 잠깐 뵈었을 때 얼굴빛이 어머님과 비슷해 혹시나 하는 마음에 말씀드렸습니다. 근데 정말 췌장 쪽이 편찮으실 줄은……."

대한은 모른 척 대답했지만 속으로 안도의 한숨을 내쉬었다.

건강검진 언제 하나 했더니 하긴 했었구만.

게다가 1기.

전생엔 2기 때, 심지어 꽤 안 좋아졌을 때 발견했다 들었는데 참 다행이었다.

'1기는 생존율이 그나마 높은 편이니까.'

이원영도 그 사실을 알았기에 대한을 보며 말했다.

"고맙다, 대한아. 덕분에 일찍 발견할 수 있었어."

"아닙니다."

"넌 내 은인이다. 그런 줄도 모르고 여태……."

이원영은 뒷말을 삼켰다.

그리고 진심이었다.

여지껏 대한에게 심술부린 게 후회가 될 정도로 대한이 너무 고마웠다. 어떻게 이 은혜를 갚아야 될지 모를 정도로.

박희재가 말했다.

“크흠흠, 그러니까 대한이한테 잘해 주란 말이야. 그보다 대한아 넌 이제 자리 좀 비켜 줘라. 오늘 고생했다고 공치사해야 하는데 미안하다.”

“아닙니다. 먼저 일어나 보겠습니다.”

들어야 할 말은 다 들었기에 더 있을 이유는 없었다.

이런 분위기에서 필요한 건 은인보다는 마음을 위로해 줄 친구였으니.

대한은 조용히 경례한 뒤 단장실을 나왔고 단장실을 나오자마자 입구의 당번병에게 말했다.

“대대장님 나오시기 전까진 아무도 들이지 마.”

“예. 알겠습니다.”

급한 보고가 있을 수도 있겠지만 지금 이원영에게 아내보다 급한 일은 없다.

그리고 대한이 아는 한 지금 단장이 급하게 처리해야 될 일도 없다.

그렇기에 이원영이 위로받을 시간을 방해하고 싶지 않았다.

‘나도 경험해 봐서 잘 알지. 사적인 시간이 필요해.’

전생에 엄마가 암에 걸렸을 때 일이 손에 잡히질 않았다.

여기저기 사람들에게 불려 다니며 위로받았음에도 정신을 차리기까지 며칠이 걸렸으니.

‘평생을 같이하기로 한 아내가 암이라는데 오죽할까.’

같은 부대에 친구가 있다는 게 참 다행이었다.

'내가 할 일은 여기까지다. 뒤는 박희재와 스스로에게 달린 일.'

대한이 조용히 단을 벗어난다.

*

박희재의 호출이 다시 온 건 다음 날이 되어서였다.

박희재는 대한을 보자마자 한쪽 입꼬리를 올렸다.

"짜식."

길게 말하지 않아도 느껴졌다.

그가 대한을 얼마나 자랑스러워하는지.

박희재가 말했다.

"고맙다."

"예?"

"고맙다고 자식아. 내 와이프는 아니지만 그래도 동기 와이프잖냐. 네 덕분에 그 녀석의 슬픔을 크게 줄일 수 있었어."

"아닙니다. 그냥 한번 말씀드려 본 것뿐입니다."

"나비의 날갯짓으로도 태풍이 만들어지는 게 인생사야. 네 말 한마디 덕분에 큰 불행을 피했으니 이게 어디냐."

"감사합니다."

"네가 감사할 건 없고…… 그래서 말인데, 뭐 필요한 거 없냐?"

"필요한 것 말씀이십니까?"

"내가 고마워서 그래. 뭐 불편한 사항이나 그런 거 있음 말해. 바로 처리해 줄 테니까. 아님 이따 점심에 뭐 하냐, 나랑 밥 먹으러 나가던가. 한우 사 줄게."

"하, 한우……."

한우란 말에 대한은 자기도 모르게 눈을 감고 말았다.

한우는 한동안 쳐다보기도 싫었기 때문이다.

대신 다른 걸 부탁하기로 했다.

그렇잖아도 언젠가 꺼내려던 이야기가 있었으니까.

"그럼 혹시 내일 오전에 휴가를 좀 써도 되겠습니까?"

"내일 오전? 뭐 쓰는 건 상관없는데 설마 너도 어머니 때문이냐?"

대한은 현재 편찮으신 어머니 때문에 관심간부가 되어 있는 상황.

게다가 전날 그런 일도 있고 하니 혹시나 싶어 물어본 것.

박희재의 긴장한 얼굴에 대한이 웃으며 대답했다.

"아닙니다. 소대원들 때문에 쓰려고 합니다."

"소대원?"

"내일 소대원들 중에 검정고시 치러 가는 인원들이 있는데 제가 직접 데려다주고 싶어서 말씀드리는 겁니다."

사실 미리 휴가를 쓸 생각도 해 보았다.

하지만 얼마 전에 강제로 휴가를 다녀온 탓에 이렇게 따로 부탁을 하는 것이다.

'한 달에 두 번이나 휴가를 올릴 순 없으니까.'

물론 박희재가 허락해 줄 거라는 확신은 있었다. 그리고 아니나 다를까.

"검정고시? 그런 건 당연히 되지. 이놈아, 걱정했잖아!"

"조심스럽게 부탁드린다는 게 괜한 오해를 만들어 드린 것 같습니다. 죄송합니다."

"별일 아니라니 다행이네. 그보다 뭘 이런 거에 휴가를 써? 그냥 다녀와."

"그래도 되겠습니까?"

"소대장이 소대원들 생각해서 그런다는데 당연히 되지."

"감사합니다, 대대장님."

"뭘 이런 걸 가지고. 다음부터 이런 일 있음 눈치 보지 말고 바로바로 보고 올려. 다 통과시켜 줄 테니까. 그보다 애들 공부는 좀 했다냐?"

"예, 어제 확인해 본 결과 검정고시는 가볍게 합격할 것 같습니다."

사실이었다.

전날 저녁, 대한은 간부연구실에서 옥지성과 최종찬의 모의고사를 직접 치르게 했으니까.

그 결과, 두 사람 모두 여유 있게 합격 점수를 뛰어넘었다.

“역시. 근데 ‘검정고시는’이라니? 꼭 다른 것도 준비하고 있는 것처럼 말한다?”

“가능하면 수능도 한번 치게 해 볼 생각입니다.”

“수능? 공부는 누가 봐주고?”

“저랑 병사들이 나눠서 봐주고 있습니다.”

“엥? 걔네가 자발적으로 한 게 아니라 네가 봐주고 있었다고?”

“그렇습니다.”

“허……!”

그 말에 박희재의 입이 반쯤 벌어졌다.

안 그래도 혼자 하는 일 많다고 생각한 놈이었는데 언제 소대원들 검정고시도 준비시키고 있었던 거야?

박희재는 순간 대한에게 존경심을 느꼈다.

확실했다.

이건 존경심이었다.

그래서 헛웃음이 터졌다.

“넌 참…….”

“하하.”

대한이 어색하게 웃어 보이자 박희재가 대한의 어깨를 두드리며 말했다.

“모든 군인들이 다 너 같으면 좋으련만. 이젠 존경스럽기까지 하다, 대한아.”

"하핫, 아닙니다. 저희 중대장도 저랑 똑같지 않습니까?"

"걔는 걔고 너는 너지. 둘이 비슷한 듯하면서도 좀 달라. 뭐, 아무튼 우리 부대에는 너 같은 놈들이 많은 것 같아서 다행이다. 그나저나 배차는?"

"제 차로 조용히 다녀오려고 했습니다."

"1호차 내줘?"

"아닙니다. 괜찮습니다."

1호차?

어휴, 부담스러워라.

대한이 바로 거절의 의사를 내비치자 박희재가 아쉬워했다.

"이용해도 되는데. 다음엔 꼭 이용해."

"예, 꼭 이용하도록 하겠습니다."

"그래, 내일 조심해서 다녀오고. 병사들은 그대로 복귀하나?"

"아닙니다. 시험 맞춰서 휴가도 내놓은 상황이라 바로 휴가 출발입니다."

"잘했네. 합격하면 대대장이 포상휴가 준다고 잘 치고 오라고 전해 줘라."

역시.

굳이 포상 이야긴 안 꺼냈지만 대대장이라면 줄줄 알았다.

대한이 환하게 웃으며 말했다.

"감사합니다. 대대장님이 그리 말씀해 주셨으니 기를 써서라도 꼭 합격해 올 겁니다."

"그래, 수능도 잘 보면 휴가 준다고 그래. 대학 가야지?"

일거양득.

한 번에 두 마리 토끼 사냥에 성공한 대한은 가벼운 발걸음으로 생활관으로 돌아왔다.

생활관에는 옥지성과 최종찬이 영단어 외우기에 집중하고 있었고 그런 옥지성에게 대한이 조용히 다가가 말했다.

"옥 상병님."

"뭐야, 집중…… 어? 충성!"

"뭐야, 집중력이 이렇게 좋았어? 내가 온 줄도 모르네?"

"하하, 제가 공부에 취미를 붙여 버렸지 뭡니까."

"좋은 자세지만 그게 취미로 함부로 삼을 수 있는 게 아닐 텐데……."

"저도 이런 걸 좋아하게 될 줄 몰랐습니다. 혹시 전 천재가 아닐까 싶습니다."

대한은 자신감 넘쳐 하는 옥지성에게 아직 수능 준비를 안 해 봐서 그렇다는 말은 굳이 하지 않았다.

내일 시험 치는데 굳이 기죽일 필요는 없으니까.

대신 속으로 웃었다.

'수능 준비할 때 한번 깨달아 봐라.'

대한이 곁에 앉으며 말했다.

"내일 당직사령한테 출타자 신고하고 간부 숙소 주차장으로

와. 내가 직접 데려다 줄 테니까."

"오, 정말입니까?"

"감사합니다, 소대장님!"

바로 머리를 숙이는 두 사람.

그러나 선물은 아직 하나 더 남아 있었다.

"아, 그리고 대대장님이 검정고시 합격하고 오면 포상휴가 주신다고 하셨다. 물론 수능도 포함해서."

그 말에 두 사람은 광대를 끌어올렸다.

이미 예상한 바였지만 그래도 그 바람이 진짜 실현되자 기쁨을 주체하지 못했던 것.

그 말에 근처 소대원들이 그제서야 한마디씩 얹기 시작했다.

"와, 개 부럽다."

"나도 고등학교 나오지 말걸."

"고등학교 졸업하면 검정고시 못 치냐?"

당연한 반응이었다.

휴가는 언제나 부족했고 휴가를 받을 기회조차 적은 게 현실이었으니까.

그래서 대한은 소대원들을 꾸짖기보단 은근한 말로 회유했다.

"너희가 방법이 왜 없어, 지금이라도 국가 자격증 공부해. 그럼 내가 잘 말씀드려 볼 테니까."

"정말이심까?"

"내가 언제 한 입으로 두말하는 거 봤냐?"

공지사항 전파하듯 하는 말과 눈앞에 휴가가 실현되는 걸 보고 듣는 이야기는 와닿는 게 다르다.

대한의 말에 몇몇 병사들이 관심을 보이기 시작했고 어떤 병사는 곧장 계획을 세우기 시작했다.

"야, 근데 국가 자격증 뭐 있냐?"

"운전면허?"

"되겠냐, 그게? 워드프로세서 그거도 국가 자격증 아니냐? 나 타자 빠른데."

"엄마한테 집에 있는 책 좀 보내달라고 해야겠다."

소대에 부는 잔잔한 학업의 바람.

포상휴가로 일궈 낸 바람이긴 했으나 대한은 흐뭇했다.

이런 식으로 하나둘 쌓아 올리기 시작하면 결국엔 모두가 행복해지는 결과를 얻을 수 있을 테니.

⁂

다음 날 아침.

대한은 차에 시동을 걸어 둔 채 두 사람을 기다렸고 얼마 뒤 옥지성과 최종찬이 밀리터리 백을 메고 대한에게 뛰어왔다.

"충성!"

"오냐, 어제 좋은 꿈 꿨냐?"

"그냥 기절해서 꿈은 못 꿨습니다."

"왜 기절해? 어제 일과도 꿀이었잖아."

"24시까지 연등하고 새벽에 좀 더 공부하다 잤습니다."

"어휴, 뭘 그렇게까지. 종찬이 너는?"

"저도 같이 공부했습니다."

쑥스럽게 웃는 최종찬.

다들 열정이 참 뜨겁구만.

대한이 피식 웃으며 검은 비닐봉지 하나를 두 사람에게 내밀었다.

안에 든 건 엿이었다.

"엿이다. 엿 먹고 딱 붙어라."

인터넷으로 미리 주문해 둔 엿이었다.

비록 검정고시였으나 이들에겐 인생의 전환점이 될 아주 중요한 시험.

그래서 기분이라도 내라고 준비한 것이었다.

"감사합니다, 소대장님. 이러니까 진짜 학생이 된 것 같습니다."

"너 학생 맞아, 군인도 맞고. 자 출발하자."

"예! 근데 소대장님 차 사셨습니까? 이거 외제차 아닙니까?"

"요번에 나가서 샀다. 승차감 죽여."

"크, 역시 소대장님 클라스."

세 사람은 잔잔하게 떠들며 시험장으로 향했고 대한은 두 사람을 마지막까지 격려한 뒤 다시 차에 탑승했다.

그리고 차를 천천히 출발시키려던 찰나.

옥지성이 시험장이 떠나가라 우렁차게 외쳤다.

"부대 차렷! 소대장님께 대하여 경례!"

"충! 성!"

모두가 두 사람을 쳐다본다.

하지만 두 사람은 전혀 아랑곳 않고 그 어느 때보다도 절도 있게 경례 자세를 지켰다.

'자식들.'

대한이 내린 창문으로 손을 내밀어 흔들어 준다.

대한이 다시 부대로 돌아온 직후 차에서 내렸을 때였다.

전화가 왔다.

발신자는 여진수.

"충성! 소위 김대한 전화 받았습니다!"

–김 선생, 복귀 중이야?

"방금 막 주차했습니다. 왜 그러십니까?"

–벌써? 빨리 갔다 왔네. 아무튼 잘됐다. 나한테 좀 와라. 50사단에서 협조요청 온 게 있는데 네 거다.

'50사단에서? 나한테?'

대체 뭐지?

대한은 기억을 더듬었으나 딱히 생각나는 게 없었다.

그래서 일단 알겠다고 대답한 뒤 정작과로 뛰어갔다.

"충성!"

"금방 왔네. 앉아라."

"예, 알겠습니다."

정작과에는 먼저 온 사람이 있었다.

이영훈이었다.

대한이 눈빛으로 여긴 무슨 일이냐고 묻자 이영훈은 조용히 윙크만 해 보였다.

이 양반은 또 왜 이래?

대한이 자리에 앉자 여진수가 종이 한 장을 슥 내밀었다.

공문이었다.

"읽어 봐라."

"……낙동강 전승행사 지원요청?"

지원도 평범한 것이 아니었다.

며칠간 간부와 병사 파견을 요청하는 것.

공문을 보자마자 대한은 잊고 있었던 기억 한 줌이 떠올랐다.

'이거 익형이가 다녀온 거잖아?'

틀림없었다.

전생에도 이런 요청이 있었는데 그때는 마익형이 다녀왔다.

근데 이게 이번엔 대한에게로 온 것.

왜지?

그 의문은 오래가지 않았다.

여진수가 말했다.

"단장님이 너 보내라고 직접 말씀하셨다더라."

"아……."

그렇군.

이원영의 밀어주기였어.

근데 이런 파견이 무슨 도움이 된다고?

그도 그럴 게 이건 대한이 보기엔 밀어주기 보단 고생길에 등을 떠미는 것처럼 보였기 때문.

집 나가면 개고생이라고 타 부대에 가면 불편한 게 한두 가지가 아니었으니까.

그래도 일단 받아들이기로 했다.

다른 사람도 아니고 단장 명령이니까.

여진수가 말을 이었다.

"들어보니까 50사단 쪽에서 계급 상관없이 제일 뛰어난 간부로 보내 달라고 했더라고."

아.

대한은 그제서야 전생에 왜 마익형이 갔는지 기억이 났다.

사실 이번 생에선 대한이 너무 특출나서 그렇지 마익형도 대단한 인물이긴 했으니까.

'일단 출신 자체가 남다르지.'

한번 입대하고 나면 절대로 바뀔 수 없는 것.

그것은 바로 출신.

특히 육군에서 육사 출신은 억만금을 줘도 바꿀 수 없는 큰 능력이었다.

그렇기에 대한은 그런 마익형을 제치고 자신이 선정된 것에 쾌감을 느꼈다.

그래서 일단 한번 튕겨 주기로 했다. 이런 건 한 번쯤 튕겨 주는 게 제맛이었으니까.

대한이 모른 척 말했다.

"예……? 그런데 그걸 왜 제가 갑니까?"

"그럼 누가 가냐?"

"계급 상관없으면 중대장님들이나 작전장교님이 가셔야 하는 거 아닙니까?"

"야, 중대원들 다 끌고 가는 것도 아닌데 누가 미쳤다고 중대장을 파견 보내냐? 그리고 50사단에서도 중대장들 오면 부담스러워해. 이런 건 소위나 중위, 아니면 짬 좀 찬 부사관들 보내는 게 국룰이야."

대한이라고 그걸 모를까?

하지만 그럼에도 튕긴 이유는 단순히 멋 부리고 싶어서 그런 게 아니다.

씩씩하게 가면 아무런 걱정도 안 할 게 뻔하니 겁먹은 척 굴어야 모포 하나라도 더 챙겨 주기 때문.

'절대 그냥 갈 순 없지. 타 부대는 그냥 가면 고생길이 훤하니까.'

힘든 이유야 많지만 그중 가장 힘든 것이 바로 현지 조달.

남의 부대였으니 아무리 간부라도 요청할 수 있는 것에 한계가 있었기 때문이다.

그러니 파견을 간다면 원래 부대에서 챙겨 갈 수 있는 건 최대한 챙겨 가야 했다.

대한은 즉시 우는 소리를 했다.

“저 타 부대 파견이 처음이라 조금 긴장됩니다.”

“뭘 또 긴장을 하고 그래. 별거 없어, 휴가 간다고 생각하고 다녀오면 되는 거야.”

이영훈의 말이었다.

그래서 하마터면 눈을 흘길 뻔했다.

군 생활 하루 이틀 하나 휴가는 무슨 휴가?

‘그렇게 안 봤는데 아주 음흉하구만?’

믿을 놈 하나 없다더니 대한은 불쌍한 척은 그만 하고 작전을 바꿔 직접 물자를 뜯어 가기로 마음먹었다.

그래서 얼마간 공문을 꼼꼼히 읽는 척 한 후 두 사람에게 당당히 요구했다.

“그럼 차 한 대, 소대원 3명, 통제받지 않는 숙소 좀 부탁드려도 되겠습니까?”

“뭐?”

“어디 포로로 가는 것도 아니고 이 정도는 해 주셔야 제대로 일할 수 있지 않겠습니까? 공문을 읽어 보니 아무래도 대규모 행사인 것 같은데 눈치 봐 가면서 일하고 싶지 않습니다."

그 말에 여진수와 이영훈이 눈빛을 교환하더니 피식 웃었고 이내 여진수가 아쉬워하며 입을 열었다.

"봐라, 안 통할 것 같다고 했지?"

"과장님 참 대단하십니다. 전 봐도 모르겠던데……."

"이놈 나 닮았다고 했잖아. 이럴 줄 알았어."

이게 무슨 소리야?

대한이 어리둥절해하자 그제서야 여진수가 말했다.

"이래서 눈치 빠른 놈들은 재미가 없어. 이번 기회에 고생 좀 시켜 보려고 했는데 역시 안 먹혀. 김 선생은 달라."

"……설마 빈손으로 보내실 생각이셨습니까?"

"당연하지. 처음에 대차게 한번 굴러 봐야 좋은 경험이 되니까. 이런 게 다 좋은 양분이 되서 나중에 얼마나 도움이 되는 줄 아냐?"

양분이라니?

혹시 부대 화단의 양분이 되고 싶으신지?

어이가 없었다.

'빠르게 키운다고 두 사람이 작전을 짠 모양인데…… 소위 파견을 보내면서 미친 건가?'

실제론 있을 수 없는 일이었다.

물론 실제로 대한 같은 소대장도 없을 테지만.

그렇기에 대한은 너그러운 마음으로 두 사람을 용서하기로 했다.

어차피 화내 봤자 얻을 것도 없을 테니.

"그럼 제가 말씀드린 거 다 준비해 주십니까?"

"차량이랑 소대원은 알아서 데려가고 숙소는 연락해 봐야지."

"그 정도면 충분합니다."

"그나저나 네 머릿속엔 뭐가 들었냐? 소대원은 그렇다 치겠는데 차량이랑 숙소까지 요구하는 건 소위 머리에서 생각할 수 있는 범위가 맞긴 하냐?"

당연히 생각할 수 없지.

하지만 대한이 누군가.

군 생활 2회차.

전생에 궂은일이란 궂은일은 모조리 도맡아 하던 만년 대위였다. 그중에는 파견도 당연히 포함되어 있었고.

하지만 그렇게 말할 수 없기에 대한은 적당히 둘러대기 시작했다.

"……공문을 보면 제가 해야 할 게 TNT 폭파랑 장간 조립교 구축 지원을 해야 하는데 혼자 하기엔 무리라고 생각되어 요청드렸습니다. 차량도 마찬가지입니다. 차량이 없으면 어쩔 수 없이 50사단의 통제를 받으며 출퇴근을 할 것 같다는 생각이 들었고 만약 차량이 있다면 통제받지 않는 숙소 정도는 구할 수 있을 거라 생각되었습니다."

제법 탄탄한 근거.

물론 말이야 이렇게 하긴 했지만 진실은…….

'같이 놀 소대원, 놀러 갈 차, 놀러 갈 공간이 필요한 거지.'

쉽게 말해 결국 편하게 지내기 위한 것들만 나열한 것.

그래도 이 정도면 양반이었다.

실상 진짜로 필요한 식사나 부식 지원 같은 건 말도 꺼내지 않았으니까.

물론 그런 건 애초에 관심이 없었다.

점심이야 행사 준비하며 같이 먹겠지만 거기서 저녁까지 먹고 싶진 않았으니까.

'애들이랑 맨날 외식할 거야.'

전생이랑 달리 이번 생엔 주머니가 빵빵하다 못 해 차고 넘쳤다.

그러니 무조건 활용해야지.

대한의 대답을 들은 두 사람은 입을 반쯤 벌리더니 나직이 감탄하기 시작했다.

"이야…… 훌륭하다, 훌륭해. 넌 진짜 믿고 보낼 수 있겠다."

"제 밑에 있는 소대장이 이 정도입니다. 과장님. 보십쇼, 하나를 보면 열을 안다고 일머리가 이렇게나 좋습니다."

"좋겠다, 인마. 막말로 애한테 중대장 대리 맡겨 놓고 놀아도 되겠어."

"하하, 중대장 대리 맡기게 되면 전 과장님 도와드리러 오겠습니다."

"새끼…… 오늘부터 당장 맡겨라. 자동사냥 시작이다."

타 부대로 팔려 갈 부하 앞에서 낄낄거리는 두 사람.

대한은 고개를 저으며 질문을 이어 나갔다.

"근데 파견 시작은 언제부터입니까? 여기 일정은 안 적혀 있는데."

"아, 내가 말 안 해 줬나? 내일 오전 출발이야."

"……예?"

"어차피 내일도 평일인데 언제 가든 무슨 상관이야. 그냥 출근하는 곳만 좀 바뀌었다고 생각하면 되지. 대신 당직에서 빠지잖아?"

틀린 말은 아니었다.

주말에 파견 가는 것도 아니고 일과를 다른 곳에서 한다고 생각하면 마음은 편했으니까.

그런데 당직은 별개였다.

"……가서 병력들이랑 같이 밤새 지내면 그게 당직 아닙니까?"

"이래서 눈치 빠른 놈들은…… 아무튼 내일 오전에 바로 출발해야 한다. 행사가 얼마 안 남아서 50사단에서도 급한가 보더라."

"그럼 좀 일찍 부르지 왜 갑자기……."

"우리도 부대가 조용한 건 아니었잖아. 이제 여유가 생겼으니까 보내는 거지."

"저를 보내고 여유를 유지하시는 겁니까?"

"크흠……."

헛기침하며 딴짓하는 여진수.

이 양반 참…….

이런 사람 밑에서 중대장을 하면 과연 편하게 지낼 수 있을까?

대한은 생각하는 걸 그만두기로 했다.

생각해 봤자 머리만 아파질 테니.

대신 다른 걸 고민하기 시작했다.

'그나저나 누굴 데리고 가지?'

이럴 줄 알았으면 옥지성을 절대 휴가 보내지 않았을 것이다.

그 녀석만 한 일꾼도 없었으니까.

'TNT 심으려면 땅도 파야 하고 장간하려면 힘도 엄청 써야 하는데…….'

게다가 무엇보다도 옥지성만큼 타격감 좋은 애가 없었다.

그때, 좋은 생각이 들었다.

"중대장님?"

"응?"

"혹시 중대 인원들 중에서 2명만 차출해도 되겠습니까?"

"왜? 소대 애들 데리고 가면 되잖아."

"소대 애들 중에는 태현이 데리고 갈 거고 다른 소대에 인원들 데리고 가면 잘하고 올 수 있을 것 같습니다."

"흠…… 그래. 뭐, 부대 일정에 지장 가는 것도 아니고 상관없을 것 같다. 네가 데리고 가고 싶은 인원 데리고 가."

"감사합니다."

이영훈의 허락에 대한이 음흉하게 웃기 시작했다.

⁂

다음 날 오전.

박희재에게 간단하게 파견신고를 마친 대한은 주차장에 나와 차에 시동을 걸고 함께 갈 병력들을 기다리고 있었다.

지원받은 차량은 없었다.

군수과장이 말하길, 일주일이나 부대를 비울 차량은 없다고 했으니까.

'사실 알고 말한 거긴 해.'

그래야 자가용을 끌고 갈 수 있을 테니까.

게다가 자가용을 이용하면 운전병도 안 빼도 되니 이영훈과 여진수도 꽤나 흡족해했다.

'아니, 그 양반들은 애초에 내 차로 이동할 걸 생각하고 있었을 거다. 그러고도 남을 인간들이니까.'

이윽고 저 멀리 함께 지원 갈 병력들이 보이기 시작했다.

대한을 발견한 박태현이 대표로 경례를 올렸다.
"충성!"
"어, 왔냐."
그 뒤로 보이는 얼굴들.
전찬영과 황재우였다.
두 사람은 이 상황이 맞는 건지 연신 고개를 모로 기울였다.
그 모습을 본 대한이 웃으며 물었다.
"왜, 가기 싫냐?"
"아닙니다. 그보다 소대장님, 저 취사병인데 정말 파견 따라 가는 게 맞습니까……?"
당연히 안 맞지.
처음엔 이영훈도 반대했다.
전찬영은 장간과 폭파에 대한 지식도 없고 당장 내일도 밥을 해야 하는 인원이었으니까.
하지만 대한은 꿋꿋하게 전찬영을 요구했다. 전찬영 안 주면 파견 안 가겠다고 못을 박을 만큼.
'식당 여유 있는 거 아는데 못 가긴 개뿔이나 못 가.'
사실 이영훈이 반대한 건 그냥 부하 놀려 먹기였다.
그래서 반대한 것.
그런 의미에서 황재우는 대한의 선택은 아니었다.
박태현한테 적당히 하나 데려오라고 했는데 갑자기 황재우를 데리고 온 것.

'행정병이라서 일부러 안 데려온 건데 뭐, 상관없겠지. 거긴 다른 에이스도 있으니까.'

이윽고 세 사람의 의류대가 트렁크에 실렸고 대한의 차는 아이돌 노래와 함께 경북 칠곡의 낙동강 둔치로 향했다.

낙동강 둔치에 도착한 대한은 어렵지 않게 50사단의 행사 준비 장소를 찾을 수 있었다.

전투 차량들이 수시로 드나드는 곳이었기에 차량 통제하는 병사들이 길목마다 서 있었고 주차장에 도착한 대한은 여진수에게 받은 연락처로 바로 전화를 걸었다.

"충성! 김대한 소위입니다. 방금 막 주차장에 도착했습니다."

—어, 도착했어?

220보병여단 제2대대 대대장 중령 주창헌.

대한은 어제 연락처를 받자마자 주창헌에게 연락해 인사를 했다.

그쪽 입장에선 소위를 파견 받은 거라 기분 나쁠 수도 있을 테니 미리 연락해 기분이라도 풀어 준 것이다.

다행히 작전이 먹혔다.

대한의 패기 돋는 인사가 일단은 그의 분노를 잠재운 것이다.

"어디로 이동하면 되겠습니까?"

—설명해도 찾기 힘들 거니까 내가 사람 하나 보낼게. 대기

하고 있어.

"예, 알겠습니다."

대한이 전화를 끊자 박태현이 주변을 살피며 말했다.

"소대장님 주변에 아무것도 없는데 여기서 뭘 한다는 겁니까?"

행사가 당장 다음 주인데 이 일대는 황량했다.

하지만 대한은 그런 박태현을 보며 혀를 차며 말했다.

"쯧쯧, 전문하사 한다는 놈이 아직도 군대를 모르네."

"……그래도 제가 소대장님보다 군 생활은 더 오래하지 않았습니까?"

"농도가 다르잖아, 농도가."

"아니, 여기서 뭘 한다는 말입니까? 장간도 설치해야 하고 TNT도 설치해야 된다고 하지 않았습니까? 근데 너무 황량합니다."

"산도 옮기는 군인들한테 그 정도는 하루면 충분하지. 그리고 걱정할 게 뭐가 있냐. 우리 부대에서 하는 것도 아닌데."

"아, 뭐. 그건 그렇긴 합니다."

과정은 중요하지 않다.

중요한 건 결과.

날짜가 나오면 어떻게든 기간에 맞추는 게 우리네 군대였다.

'이것보다 더 큰 행사들도 해 봤는데 매번 그랬다.'

그렇기에 대한은 걱정하지 않았다.
더군다나 급한 건 저들이지 대한이 아니니까.
차에서 내린 네 사람이 한동안 낙동강 둔치를 구경하고 있기를 한참.
저 멀리서 경차 한 대가 들어왔고 아니나 다를까 대한 앞에 멈춰 섰다.
차에서 내린 사람은 하사.
그런데 대한을 제외한 모두가 하사를 보자마자 입을 반쯤 벌리며 감탄했다.
왜냐하면…….
'와…….'
'진짜 이쁘다.'
'연예인 아냐?'
하사의 외모가 무척이나 아름다웠기 때문.
물론 대한은 별로 관심 없었다.
차에서 내린 유소연 하사가 대한에게 바로 경례를 올렸다.
"충성! 김 소위님 맞으시죠?"
"충성. 예, 맞습니다."
"반갑습니다. 유소연 하사입니다. 제 차로 이동하시면 됩니다."
"김대한입니다. 알겠습니다."
대한은 알겠다고 했지만 차를 보고 살짝 걱정했다.

하필이면 경차라니.

경차를 무시하는 건 아니지만 남자 넷에 여자 하나가 타기엔 무척이나 비좁을 터.

물론 대한은 괜찮았다.

대한은 앞에 탈 예정이었으니까.

대한이 병사들에게 물었다.

"뒷자리가 좀 좁을 거 같은데 괜찮겠냐?"

"아, 예! 괜찮습니다!"

"저 좁은 곳 좋아합니다!"

"항상 꿈꿔 왔습니다!"

"……?"

저 자식들 왜 저래?

왜 갑자기 오버하고 난리?

하지만 유소연은 저런 반응들이 익숙한지 웃으며 말했다.

"다들 활기차서 보기 좋은 것 같습니다. 그럼 바로 모시겠습니다."

이윽고 차가 출발했고 대한이 유소연에게 물었다.

"준비는 잘되어 가고 있습니까?"

"아직 장간은 시작도 못 했고 폭파 위치는 전부 잡았습니다."

"장간은 저희가 올 때까지 손을 안 댔나 봅니다."

"예, 맞습니다. 오시면 제대로 한다고 다른 것들부터 집중 중이었습니다."

제대로 하긴 개뿔.

교범만 찾아봐도 충분히 할 수 있을 텐데 이걸 안 해놔?

물론 교범을 보고 한다면 굉장히 느릴 테지만 그래도 하는 시늉이라는 게 있지.

대한이 고개를 저으며 말했다.

"고생길이 훤해 보입니다."

"하하, 그래도 작게 만들 거라서 괜찮으실 겁니다."

크기가 문제가 아니다.

중요한 건 노동력의 질.

근데 여긴 다들 처음 해 보는 걸 테니 처음부터 전부 가르쳐야 되서 골치 아플 게 뻔했다.

대한은 순간 옥지성을 비롯한 1중대원들이 그리워졌다.

물론 중대원들도 엄청나게 잘 하는 건 아니었지만 그래도 짬이라는 게 있으니 최소 다칠 걱정은 하지 않아도 됐으니까.

'안전통제가 제일 골치겠군.'

굳이 불평을 입 밖으로 뱉진 않았다.

유소연이 힘이 있어 봤자 얼마나 있겠는가, 그녀 또한 그저 위에서 까라는 대로 깠을 뿐인데.

대한은 힐긋 유소연의 얼굴을 보았다.

아깐 눈에 안 들어왔는데 지금 보니 확실히 병사들이 입을 벌리고 헤벌쭉 할 만하다고 생각했다.

근데…….

'눈 밑에 저거 다크서클이야?'

잘못 본 게 아니었다.

화장하지 않은 얼굴이라 더 확실하게 보였다.

하긴 소위나 하사일 때가 가장 힘든 법이니까. 거기다 차를 산 걸 보면 출퇴근하고 있을 확률도 높고.

보통은 숙영지에서 지내지만 여군의 경우엔 제대로 된 숙영지가 마련되어 있지 않은 경우가 많았다.

그렇기에 어쩌면 그녀에게 있어 출퇴근은 선택이 아닌 필수였을지도 모른다.

하지만 대한은 피곤해 보인다느니 하는 말은 하지 않았다.

처음 보는 사이에 그런 말을 하는 것 자체가 실례일 수도 있으니까.

얼마 뒤, 차는 한참을 달려서 행사 현장에 도착했고 차에서 내린 대한과 병력들은 곧장 현장 지휘관인 주창헌에게 다가갔다.

주창헌은 본인에게 다가오는 대한과 병력들을 확인한 뒤 유소연을 보며 방긋 웃었다. 근데…….

"유 하사, 인솔 고생했어."

"하사 유소연, 아닙니다."

유소연의 어깨를 감싸 쥐듯 주무르며 격려했다.

대한은 주창헌의 행동을 보고 자기도 모르게 미간을 찌푸릴 수밖에 없었다.

'여군한테는 굳이 저러지 않는 게 좋을 텐데.'

물론 저럴 수도 있긴 했다.

이원영도, 박희재도 이따금씩 저렇게 어깨를 주물러 주곤 했으니까.

그렇기에 방법이 잘못되었다고 할 수는 없었다.

문제는 그 대상이 여군이라는 점이었다. 그것도 굉장한 미모를 가진.

그렇기에 대한은 생각했다.

'저 양반도 군 생활 오래하긴 글렀군.'

군대에서 제일 중요한 건 조심이었다.

불씨가 될 만한 건 애초에 하지 않는 것.

물론 누군가는 책임지고 나서서 해야 되는 일도 있긴 했지만 세상이 무서운 세상이 되었다.

그러니 아무리 좋은 마음으로 해도 저런 불필요한 터치는 가급적 안 하는 게 좋았다.

이윽고 주창헌이 대한에게 말했다.

"폭파 설치는 우리가 대충 다 해놨으니까 좀 있다가 테스트만 해 주면 되고 제일 중요한 장간조립교는 바로 좀 시작해 줘야 할 것 같다."

"혹시 장간조립교에 차량이 지나갑니까?"

"아니, 장간조립교 폭파만 할 예정이다. 사람도 안 지나가."

"아, 그럼 금방 할 수 있을 것 같습니다."

구체적인 디테일을 들은 대한은 어느 정도로 만들어야 할지 바로 감이 왔다.

'멀리서 봤을 때 다리 같기만 하면 된다는 거잖아.'

그 정도면 초보자들을 데리고 해도 금방 해낼 만큼 별로 어렵지 않았다.

다행이었다.

박태현도 같은 생각인지 안도의 한숨을 내쉬었다.

대한이 박태현에게 물었다.

"2시간?"

"그 정도면 충분할 것 같습니다."

박태현이 씨익 웃으면서 대답하자 대한은 그대로 주창헌에게 말했다.

"병력들만 빼 주시면 바로 실시하겠습니다."

"역시 시원시원하구먼. 알겠다. 저기 장간 물자 적재해 둔 곳에 가 있으면 중대장 하나 보내 줄게."

"알겠습니다. 먼저 가서 확인하고 있겠습니다."

대한은 병력들을 이끌고 장간 물자가 적재되어 있는 곳으로 이동했다.

이동하던 중 박태현이 말했다.

"그나저나 유 하사님은 어디 가셨지?"

"아까 폭파 쪽으로 가시는 것 같았습니다."

"휴, 장간 쪽에 계시면 진짜 힘내서 할 수 있을 것 같은데."

박태현이 주변을 살피며 유소연을 찾기 위해 노력하자 그 모습을 본 대한이 고개를 저으며 말했다.

“야, 너 전문하사 되면 저분도 네 선임이 될 텐데 안 무섭냐?”

“원래 이쁜 분이 마음씨도 착합니다. 아마 천사 선임이실 겁니다.”

“어휴, 누가 말려. 그래도 혹시나 해서 하는 말인데 번호 묻거나 그런 짓은 하지 마라.”

“……안 됩니까?”

뭐야.

진짜 물어보려고 한 거야?

대한이 미간을 좁히며 물었다.

“번호 물어봐서 뭐 하려고?”

“전문하사 할 건데 부사관들의 생활을 잘 알려 주시면 좋겠다고 간곡히 부탁할 생각이었습니다.”

“쯧쯧, 창의력 없는 자식. 너 같은 애들이 어디 한둘이었겠냐? 그런 거라면 내가 보급관님한테 잘 부탁드려 볼 테니 걱정하지 마.”

“예? 아, 안 됩니다! 괜찮습니다!”

“정말 괜찮아?”

“예, 괜찮습니다. 정말입니다.”

“아닌 것 같은데. 그럼 이번 일을 얼마나 잘 끝내는지 보고 판단하겠어.”

"알겠습니다."

겨우 한시름 놓는 박태현.

이어서 장간 자재 앞에 도착한 네 사람은 박태현의 주도하에 전찬영과 황재우를 위한 설명을 시작했다.

"찬영이는 취사병이라서 잘 모를 텐데 이게 장간이고, 이게 횡골이야. 장간은 이 핀들을 끼워서 고정 시키는 거고……."

그렇게 한참 설명을 이어 가고 있을 때였다.

주창헌이 보낸 중대가 대한에게 다가왔다.

대한은 앞장서서 오고 있는 대위를 향해 경례했다.

"충성! 이번에 파견 온 소위 김대한입니다."

"충성. 반갑다. 강예성 대위다."

강예성은 피곤에 찌든 얼굴로 대한에게 손을 내밀었고 대한이 내민 손을 잡으며 말했다.

"고생이 많으신 것 같습니다. 중대장님."

"말도 마라. 죽겠다, 진짜."

강예성의 대답을 들은 대한은 안도했다.

말투를 미루어 보건데 텃세 부리는 사람은 아닌 것 같았으니까.

이건 중요한 문제였다.

파견지에선 때때로 병과가 다르거나 계급이 낮다고 무시하는 일들이 종종 벌어지는데 듣기 싫다고 마냥 무시했다간 나중에 일이 꼬여 몹시 피곤해지기 때문.

대한은 강예성을 비롯한 같이 온 사람들의 얼굴을 쓱 살폈다.

다들 눈 밑에 다크서클이 피어 있는 게 유소연과 비슷했다.

'여기 부대 사람들은 대대장 빼고 전부 다 피곤에 쩔어 있네.'

후방부대라고 누가 꿀통이라고 했던가?

대한은 예민해 있을 그들의 신경을 건드리지 않기 위해 최대한 웃으며 말했다.

"그래도 이제 장간만 마무리하면 다 끝나는 거 아닙니까? 아까 대대장님께서 그러시던데 폭파도 테스트만 하면 된다고 말씀하셨습니다."

"끝일 거 같지? 우리도 끝인 줄 알았거든? 근데 다 했다고 보고 할 때마다 와서 이것저것 트집 잡고 다시 바꾸는데 죽겠다 진짜."

으음.

하긴 이런 대규모 행사에서 가장 힘든 건 행사 준비 자체가 아니라 행사 준비를 확인하는 사람들 때문이니까.

쉽게 말해 사공이 많다 보니 배가 산으로 간다는 말.

그런 경우 당연히 아랫사람들만 죽어나갔다.

대한이 고개를 끄덕이며 말했다.

"이미 몇 번 바꾸셨나 봅니다."

"벌써 3번도 넘게 바꿨다. 에혀."

"그래도 장간은 한 번에 끝낼 수 있도록 제가 최선을 다해 보겠습니다."

“그래. 제발 좀 부탁할게. 그래서 우린 뭐 하면 되냐?”

“병력들만 저한테 주시고 중대장님은 안전통제만 해 주시면 됩니다.”

“그래? 그럼 나야 땡큐지. 너만 믿을게.”

안전통제만 해 주면 된다는 말에 강예성의 얼굴이 환해졌다.

안전통제가 제일 쉬웠으니까.

대한의 얼굴도 덩달아 밝아졌다.

타 부대 사람을 초면에 믿어 준다는 것 자체가 엄청난 배려였으니까.

그래서 기대에 부응해 주기로 했다.

대한은 강예성이 데리고 온 병력들을 장간 자재가 적재되어 있는 곳으로 데리고 가 빠르게 설명을 시작했고.

“자, 이제 이해됐지? 그럼 지금부터 장간 조립을 시작하겠다.”

바로 장간 조립을 시작했다.

✱

“첫째도 안전, 둘째도 안전이다! 너희들이 생각하는 것 이상으로 무거우니까 깔리면 죽는다고 생각하고 조심해서 들어!”

“예, 알겠습니다!”

“장간 들어!”

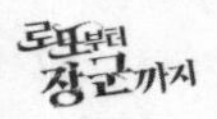

"들어!"

장간의 좌우는 대한과 박태현이 맡았고 전찬영과 황재우는 적재된 장간을 병사들이 들기 쉽게 빼 주는 역할인 장간잡이를 맡았다.

장간 구축이 힘은 들었지만 일 자체가 어려운 건 아니었기에 처음 하는 병사들을 데리고도 쉽게 만들어가고 있었고 어차피 완벽한 장간을 만들 필요도 없었기에 1시간이 좀 지나자 거의 완성을 앞두게 되었다.

이윽고 완성을 앞두고 가지는 마지막 쉬는 시간, 가만히 지켜보고 있던 강예성이 활기가 돋아난 얼굴로 대한에게 다가와 물었다.

"원래 이렇게 빨리 완성되는 거야?"

"아닙니다. 원래는 할 게 더 많습니다. 지금은 다리의 형태만 만들면 되기 때문에 제가 임의로 다 생략시켰습니다. 저기 보십쇼, 아직 자재 많이 남아 있지 않습니까? 저것들은 다 안 쓸 겁니다."

"오…… 근데 이렇게 해도 되나? 대대장님한테 허락은 맡은 거야?"

"지침은 받았는데 이렇게 다 빼라고는 말씀 안 하셨습니다."

"그래? 괜찮으려나?"

"중대장님이 저 자재들을 빠르게 치워 주신다면 아무 일도 일어나지 않을 것 같습니다."

"……너희 부대에서 왜 널 보냈는지 알겠다. 끝나자마자 원래 없던 것처럼 깔끔하게 치워 놓을게."

"감사합니다."

강예성은 대한의 대처에 감탄했다.

그래.

일은 이렇게 하는 거지.

대한의 시원시원한 일처리에 강예성의 얼굴에도 미소가 피어올랐고 대한 또한 그의 순순한 협조에 절로 미소가 떠올랐다.

그때, 강예성의 시야에 유소연이 보였다.

"쟤 아직도 작업하고 있네?"

"유 하사 말입니까?"

"어? 유 하사 알고 있냐?"

"예, 아까 저희 인솔해 준 간부가 유 하사입니다."

대한의 대답에 강예성이 고개를 내저으며 말했다.

"어제 당직이었는데 쟤는 근무 취침도 안 하나, 어떻게 버티나 몰라."

"어쩐지 다크서클이 중대장님만큼 내려와 있었습니다."

"야, 나는 위에서 시키는 일이 많아서 이렇다지만 쟤는 저렇게 하라고 시킨 것도 아니야."

"그게 무슨 말씀이십니까?"

"우리 부대가 다른 건 몰라도 근무 취침은 제대로 보장하는 곳이란 말이야. 이게 다 쟤가 잘 보이려고 발악하는 거다. 쟤 때문에 피곤해 죽겠어.”

“그렇습니까?”

“그래, 저러니까 상급자가 안 좋아할 리가 있냐. 우리만 눈치 보이지. 아주 피곤한 애야.”

흠.

그래?

하긴 군대에선 혼자서만 열심히 한다고 되는 건 아니었으니까.

‘너무 열심히 일해도 바보 되고 혼자만 열심히 해도 등신 취급 받는 곳이 군대지.’

그렇다고 대충 하면 욕먹는 곳이 군대이기도 했다.

그래서 군대가 참 어려운 곳이다.

‘확실히 주창헌이 이뻐할 만도 해.’

물론 유소연의 행동들을 대한은 이해했다.

장기나 진급을 앞두고 있으면 누구나 저럴 수밖에 없었으니까.

‘나도 그랬었고.’

그때, 강예성이 쉬고 있는 병력들을 둘러보고는 대한에게 조용히 말했다.

“넌 웬만하면 여군 있는 곳 가지 마라.”

“그게 무슨 말씀이십니까?”

“우리 애들 봐라. 소 하사 얼굴이 저러니까 아주 미쳐서 저러고들 있다. 눈치 보고 피해 받는 건 우리 같은 간부들뿐이란 말이야."

대한이 뒤를 살피자 병력들 모두 유소연을 쳐다보고 있었다.

근데 눈치 보고 피해받는 건 유소연이 여군인 것과는 아무 관계가 없는 것 같은데?

그래서 대충 대답했다.

"뭐, 본능적인 거 아니겠습니까."

"그래, 너도 남잔데 어련하겠냐. 내가 봐도 얼굴은 인정이다."

"아, 전 별로 관심 없습니다."

"왜? 여자친구 있어?"

"없습니다."

"아, 헤어졌어?"

"아니, 없습니다."

"그럼?"

"……원래 없습니다."

"그, 그래? 너 인마 그렇게 안 생겨 가지고 왜 그러냐? 혹시 특이 취향? 괜찮아. 난 존중한다."

"……제 의지는 아니었습니다."

"……미안하다. 작업이나 마무리할까?"

"……예, 좋습니다."

민망함에 둘은 서둘러 자리를 정리했고 일을 시작한 지 얼마 뒤 장간 구축이 금방 완성되었다.

"고생하셨습니다."

"그래, 너도 고생했다. 대한아."

"대대장님께는 제가 말씀드리겠습니다."

"오냐, 그게 맞겠다."

"예, 고생하십쇼."

대한은 강예성과 인사를 한 뒤 주창헌에게 다가갔고 주창헌은 장간 상태를 확인한 뒤 대한을 칭찬했다.

"역시 공병인가. 이걸 이렇게 빨리 만들다니 대단해."

"병력들 훈련 상태도 좋고 강 대위가 잘 도와줘서 빨리 끝낼 수 있었습니다."

"그래? 하긴 우리 애들이 체력 하나는 좋은 편이지."

"이제 폭파 테스트만 하면 되겠습니까?"

"어, 잠시만. 거의 마무리가 되었을 텐데……."

주창헌이 대한의 다음 작업을 위해 주변을 둘러보며 상황을 확인하던 그때.

"추웅! 서엉!"

입구 쪽에서부터 엄청난 경례 소리가 들려왔다.

동시에 전승행사를 준비하던 인원들 모두 입구 쪽을 바라보았다.

그곳에는 웬 군인 무리가 있었는데 그것을 본 대한이 주창헌에게 물었다.

"대대장님, 누가 오신 겁니까?"

"글쎄, 누가 온다는 보고를 받은 기억은 없는데?"

현장 지휘관도 모르는 인물이라.

그렇기에 대한은 감이 왔다.

'이런 작업 현장에서 이 정도 목소리를 내는 경우는 하나뿐이지.'

바로 장성의 등장.

확실했다.

그들에게 행사는 훈련만큼 중요했으니까.

'국민들에게 군이 잘하고 있다는 걸 보여 줄 수 있는 제일 좋은 방법이 행사니까.'

대한이 말했다.

"사단장님 오신 거 아닙니까?"

"어, 아무래도 그런 것 같다. 일단 나 먼저 간다."

서둘러 뛰어가는 주창헌.

그의 서두르는 모습에 대한이 넌지시 강예성에게 물었다.

"혹시 사단장님 오늘 처음 오시는 겁니까?"

"어, 참모님들은 많이 왔는데 사단장님은 처음 오셨다."

"이럴 줄 알았음 장간 구축 천천히 할 걸 그랬습니다."

"엥? 왜?"

왜긴 왜야?

정말 몰라서 묻는 건가?

이 양반 1차 중대장인가 보네.

대한이 속으로 한숨을 내쉬며 강예성에게 친절히 설명하기 시작했다.

"참모님들 오셨을 때마다 새로 지침을 내려 주셨지 않습니까?"

"응, 그렇지?"

"사단장님이 그거 다 뒤집으실 겁니다."

"응……?"

"마음에 드신다면 곱게 넘어가겠지만 높은 확률로 다시 해야 할 겁니다."

"에이, 설마. 우리가 몇 번이나 바꿨는데 설마…… 아냐, 아닐 거야……."

설마는 무슨.

대한의 경험상 무조건이다.

이제껏 현장에 와서 이래라저래라 한 사람들도 대령급 참모들.

물론 이들의 행사 준비가 틀렸다는 건 아니었다.

아무렴 틀릴 리가.

대령까지 그냥 올라온 게 아닐 텐데 오답을 말하는 게 더 이상할 테지.

진짜 문제는 정답이 많다는 것.

다들 해 온 군 생활이 다르니 정답이 많을 수밖에 없는 것이다.

그러니 사단장이라고 다르겠는가?

“몇 번 바꾸는 게 무슨 상관이겠습니까. 사단장님 마음에 안 들면 끝입니다.”

“그것도 그렇지. 그렇긴 한데…… 하, 그럼 몇 번이나 뒤집어엎는 거야? 그냥 대대장님 판단에 맡기면 좋을 걸.”

대한은 한심한 소리 하는 강예성에게 좀 더 현실적인 조언을 해 주고 싶었지만 참았다.

대위에게 더 이상 아는 척 해서 좋을 건 없었으니까.

특히 같은 대위면 몰라도 이제 소위 단 쏘가리가 무슨 조언이겠는가. 물론 이영훈이라면 그냥 툭 까놓고 모른 척 알려 줬겠지만 여긴 대한의 구역이 아니었다.

까불다가 봉변당하기 딱 좋은 곳.

그리고 어차피 강예성은 깨달을 것이다.

‘중령이 절대 높은 계급이 아니라는 걸.’

중령이 절대 낮은 계급은 아니었다. 하지만 그렇다고 높은 건 더더욱 아니었고.

사단급에서 중령은 이제서야 겨우 군인 취급을 받을 수 있는 애매한 위치.

즉, 주창헌은 그냥 시키는 대로 하는 사람일 뿐이라는 말.

그리고 그 사단 지휘체계의 끝, 사단장의 발언이라면 산을 옮기라고 해도 당연하다는 듯 옮겨야 하는 것.

강예성이 땅이 꺼져라 한숨 쉬기도 잠시, 이내 정신을 차리고 사단장을 맞이하기 위한 준비를 시작했다.

"우린 일단 여기서 보고드릴 준비하고 있으면 되겠지?"

"예, 애들 정렬시켜 놓고 오면 보고 하면 될 것 같습니다."

"그래, 그렇게 하면 되지…… 혹시 네가 할래?"

"예?"

"아니, 생각해 봐. 내가 여기서 사단장님께 경례하고 보고드린다고 제대로 된 보고를 할 수 있겠냐? 난 장간에 대해 아무것도 모르잖아."

"그건 그런데……."

"이런 건 진짜 실무자가 보고 하는 게 맞아. 그래, 내가 애초에 자리를 피해 있을 게 네가 사단장님 오면 경례하고 보고까지 부드럽게 이어서 하면 되겠다. 그렇지?"

이놈 봐라?

짬 던지는 수준이 아주 자연스러운데?

대한은 거절할까 하다가 그냥 자기가 하기로 했다.

그의 말이 틀린 건 아니었으니까.

'사단장 질문에 대답도 못 하는 놈 세워 놓는 것보단 차라리 내가 하는 게 낫지.'

굳이 사단장의 심기를 거스를 필요는 없었으니까.

근데 강예성의 얼굴에 이영훈이 보이는 건 왜일까?

대한이 속으로 한숨을 쉬며 대답했다.

"예, 알겠습니다. 사단장님께는 제가 보고드리겠습니다."

"하하, 알겠다."

대한은 강예성의 반응에 어이가 없었다. 그러다 문득 궁금한 것이 떠올라 물었다.

"중대장님, 혹시 군장학생이십니까?"

"어? 어떻게 알았냐? 나 학사 군장학생이야."

"군 생활 더 안 하십니까?"

"야, 군 생활 더 해서 뭐 하냐? 더 늦기 전에 사회로 진출해야지."

어쩐지.

대한의 예상이 딱 들어맞았다.

'그래서 이러는 거였군.'

진급 욕심이 없는 사람이니 자신이 돋보일 수 있는 자리를 마다하는 거겠지.

대한은 이 순간만큼은 자신이 공병이고 소위라는 사실이 참 아쉬웠다.

사단장의 관심은 곧 사단의 관심과 동일하다는 말.

다시 말해 군의 주요 실세들에게 자신의 이름을 알릴 좋은 기회였다.

하지만 대한은 공병이었다.

그래도 어쩌랴?

이왕 하게 된 거 완벽하게 하는 수밖에.

대한이 보고 준비를 시작했다.

✵

대한의 예상대로 방문자는 사단장이었고 사단장은 입구에서 현장 지휘관인 주창헌을 기다리고 있었다.

방문자가 사단장인 걸 알게 된 주창헌이 우렁찬 목소리로 즉각 경례를 올렸다.

"충! 성!"

"충성."

경례를 받아 준 사단장이 자연스레 손을 내밀었고.

"2대대장!"

"고생이 많다. 행사 준비는 잘돼 가나?"

"예! 그렇습니다!"

갑작스러운 사단장의 방문이었지만 주창헌은 전혀 떨지 않고 관록 있는 모습으로 의전을 시작했다.

물론 겉모습은 그랬다.

'하, 진짜 사단장이 왔네. 참모들이 계속 와서 안 올 줄 알았더만.'

사단장에게 직접 보고를 하는 참모들이 여럿 방문했기에 솔직히 사단장은 직접 방문하진 않을 줄로만 알았다.

근데 이렇게 갑자기 방문할 줄이야.

주창헌은 알 수 없는 불안함을 느꼈다.

당연했다.

사단장이 오면 준비가 완벽해도 불안해지는 게 하급자의 마음이었으니까.

'떨지 말자. 폭약 준비는 완벽하고 장간 확인도 끝마쳤다. 보고만 잘 마치면 돼.'

특히 사단장의 돌발 질문에 대한 대답들 말이다.

주창헌의 패기 넘치는 대답에 사단징이 씩 웃으며 말했다.

"그래? 그럼 어디 한번 보자. 2대대장이 얼마나 준비 잘했는지. TNT랑 장간도 한다면서?"

"예, 그렇습니다!"

"지원 요청도 했다며? 특히 장간에 대한 기대가 커."

"예, 자신 있습다!"

장간…….

문제없겠지?

아까 확인하고 왔으니까.

주창헌은 부디 별일 없기를 바라며 전반적인 행사 설명과 더불어 첫 번째 코스인 폭약이 설치된 곳을 안내하기 시작했다.

"낙동강 전승행사의 하이라이트인 낙동강 전투 재연에서 보일 폭약이 설치된 곳입니다. 실감나는 전투 재연을 위해 전투 연습 간에도 완벽한 타이밍을 맞추며 연습 중에 있습니다."

"오호…… 안 위험하겠나?"

"예, 재연 시나리오를 치밀하게 준비했기에 병력들이 다치는 일은 없습니다."

"어떻게 하는데? 지금 한번 시범 보여 봐라."

"예? 아, 알겠습니다!"

주창헌은 처음으로 당황한 기색을 내비쳤다.

시나리오를 치밀하게 준비했다곤 하지만 그건 시나리오를 치밀하게 준비했다는 거지 숙지까지 완벽하게 끝났다는 건 아니었다.

그래서 미칠 노릇이었다.

설마 시범을 보여야 될까 싶어 냅다 지른 거였으니.

'하지만 이제 와서 미흡하다고 말할 순 없다. 지금은 병력들을 믿을 수밖에.'

주창헌은 병력들을 향해 외쳤다.

"전체 주목!"

"주목!"

"지금부터 낙동강 전투 재연의 마지막 순서인 국군의 반격을 실시한다. 전체 위치로!"

"위치로!"

전투 재연은 북한의 기습 남침, 북한의 1, 2차 공격 그리고 마지막 국군의 반격으로 이루어져 있었다.

주창헌은 이중 병사들의 목소리가 가장 많이 들리는 국군의 반격을 사단장에게 선보이기로 했다.

'폭발이 좀 미흡하더라도 병력들의 패기 넘치는 모습을 보여 줄 수 있으니까.'

잠시 후, 행사장에 파 놓은 참호로 들어간 병력들이 일제히 수류탄을 던졌다.

퍼엉!

실제 수류탄은 아니지만 그래도 연습용 수류탄이라고 해서 화력이 약한 게 아니었다.

그리고 곧바로 이어진 폭발.

콰아아앙!

실제 뇌관을 터트려 포격 지원을 표현했고 폭발음은 행사장 일대를 쩌렁쩌렁 울렸다.

"돌격 앞으로!"

"와아아아!!"

소대장 역할을 맡은 간부의 외침에 병력들이 일제히 참호 속에서 튀어나와 북한군 쪽으로 달려 나갔고 얼마간 상황을 지켜보던 사단장이 미간을 좁히며 말했다.

"그만."

사단장의 한마디에 주창헌은 서둘러 병력들을 멈춰 세웠다.

사단장은 병력들을 지켜보다 혀를 차며 말했다.

"이 더운 날 고생하면서 이것밖에 준비를 안 했어?"

"……죄송합니다."

“부대 밖에 놀러 나왔어? 이게 뭐가 실감 나냐? 행사에 참전 용사분들도 오시는데 이렇게 해 가지고 되겠어?”

일부러 트집 잡는 게 아니었다.

사단장은 정말로 짜증이 났다. 기껏 스케일 키워 놨더니 고작해야 한다는 게 병정놀이였으니까.

그가 원했던 건 병력들의 패기가 아니었다.

실제와 같은 전쟁사를 재현하는 것.

이런 행사에서 중요한 건 병사들의 패기가 아니라 화려한 볼거리였으니까.

하지만 주창헌도 억울했다.

‘당신 참모들이 이렇게 하라고 했단 말이야. 하, 진짜 억울하다.’

물론 입 밖으로 내뱉진 않았다.

이런데서 남 탓을 할 만큼 미숙하진 않았으니까.

“……수정해서 다시 검사받도록 하겠습니다.”

“에휴, 내가 직접 와야 뭐가 돌아가다니.”

사단장은 주창헌의 대답에 한숨을 푹 내쉬었다.

사실 더 화를 더 내고 싶었지만 병사들의 눈이 있었기에 억지로 참는 중이었다.

“남은 거 뭐 있어. 빨리 안내해. 내가 직접 지침 내려 줄 테니까.”

“예! 알겠습니다!”

주창헌은 그대로 장간이 구축되어있는 장소로 사단장을 안내했다.

그러나 마음이 편치 못했다.

'이런 분위기면 장간 쪽도 무조건 털릴 텐데.'

자기 애들이 준비한 곳도 털렸는데 다른 부대 지원받아 만든 곳이라고 오죽하겠는가.

오히려 털리면 더 털렸지.

심지어 남의 부대 작품이니 그 화는 자신에게로 돌아올 터.

당연했다.

현장 지휘를 제대로 하지 않았다는 것이 이유일 테니까.

이동하는 주창헌의 얼굴이 점점 거무죽죽해져 간다.

한편.

주창헌이 사단장을 모시고 대한이 있는 곳으로 이동할 때 사단장과 같이 온 간부들 중 하나가 작전참모에게 슬쩍 물었다.

"작전참모님, 며칠 전에 와서 지침 다 주셨다 그러지 않으셨습니까?"

"하…… 줬지."

"사단장님 지침 따로 받으신 거 아닙니까?"

"사단장님 바쁘신데 무슨 지침을 받아. 그냥 내가 판단해서 준 거지."

"……이렇게 될 줄 알고 계셨던 것 아닙니까?"

"헌병대대장…… 내가 그걸 어떻게 알겠나? 그리고 내 지침은 이렇지 않았어. 이게 다 현장에 있던 대대장이 준비를 잘못 한 거지 뭐."

박희재의 학교 후배인 천용득은 참모들과 함께 사단장을 의전하기 위해 행사장에 방문했다.

그리고 행사 준비가 새롭게 엎어지는 모습을 보며 속으로 답답함을 금치 못했다.

'작전참모라는 인간이 대대장한테 책임을 넘기네. 사단장한테 직접 물어봤으면 이럴 일 없었을 텐데.'

애초에 준비를 다시 하지 않으려면 사단장의 지침을 받는 것이 맞았다.

작전참모의 말은 그저 핑계일 뿐.

게다가 사단장이 당연히 바쁘지, 누가 그걸 모르나?

이건 다 작전참모의 의지 차이였다.

'이 양반도 진급할 양반은 아닌가 보다.'

진급이 보장된 자리는 아니었지만 그렇다고 진급을 못 하는 자리도 아니었다.

하지만 하나를 보면 열을 안다고 저 따위로 하는 걸 보면 이제껏 어떻게 군 생활을 해 왔을지 뻔히 보였다.

그리고 저런 군 생활로 영전은 어림도 없는 일.

'장성 되는 게 아무리 관운이라고 해도 저런 사람까지 진급할 정도로 군대가 허술하진 않지.'

천용득이 작전참모의 짜증을 삼킨 뒤 미소를 머금으며 말했다.

"하하, 맞습니다. 참모님이 직접 하셨다면 사단장님도 흡족해하셨을 텐데 안 그렇습니까?"

"에헴…… 내가 했으면 칭찬받고도 남았지."

아, 그러세요?

그럼 좀 도와주지 그랬냐.

천용득은 자신의 계급이 낮은 걸 후회했다.

하필 헌병을 선택해서 군 생활을 하는 바람에 대령으로 진급하는 것이 장성이 되는 것보다 더 힘들어졌다.

아마 전역할 때까지 작전참모 같은 사람들의 비위를 맞추고 있어야 할 터.

물론 그렇다고 힘이 없다는 건 아니었다.

힘은 그 어떤 대령보다 강했다.

헌병이었으니까.

하지만 그 힘은 누군가 군법을 어겼을 때.

평시에는 천용득도 사회생활이나 해야 했다.

작전참모가 물었다.

"그나저나 우리 장간 구축은 누가 했나?"

"공병대대에서 하지 않았습니까?"

"아, 헌병 대대장은 모르겠구나. 현장 처음 오지?"

"예, 전 사단장님 따라다니느라 현장에는 오늘이 처음입니다."

"사단 공병 애들 전부 대민지원 하느라 정신없어."

"아직도 하고 있었습니까?"

천용득이 사단장을 따라다니지만 사단의 모든 일을 알고 있는 건 아니었다.

헌병과 관련된 일이라면 누구보다 잘 알고 있었겠지만 이번 행사는 그와는 전혀 관계없는 일.

그렇기에 문득 의문이 들었다.

'그럼 저건 누가 만든 거지?'

구축이 완료되어 있는 장간조립교.

저걸 보병이 했을 리는 없을 텐데?

'주창헌이 했을 것 같은데…… 그럼 겉보기만 멀쩡하겠군.'

천용득은 모른다.

공병대에서 지원이 왔다는 걸.

그렇기에 별로 기대하지 않았다.

오히려 주창헌을 걱정했다.

좀 전에 털렸으니 이번에도 털릴 게 분명했으니까.

"후."

피곤해진 천용득이 자그맣게 한숨을 내쉰다.

⁂

대한은 장간조립교로 다가오는 수십 명의 간부들을 기다리며 전투복을 정리했다.

그것을 본 박태현이 대한의 뒤에 서서 조용히 물었다.

"소대장님, 이게 맞습니까?"

"뭐가?"

"아니, 소대장님이 사단장님한테 보고하는 건 좀 아니지 않습니까? 분명 파견 나온 건데 이 정도면 저희가 50사단 소속인 것 같습니다."

"됐어, 어차피 우리가 장간 구축해야 하는 거 직접 지침 듣는 게 나아."

"후, 그래도 사단장인데…… 힘내십쇼."

"왜, 겁나냐?"

"그걸 말이라고 하십니까? 단장님도 무서운데 사단장은 얼마나 무섭겠습니까."

"같은 부대면 몰라도 다른 부대면 그냥 아저씨지 뭐."

박태현은 대한의 말에 고개를 내저었다.

"사단장 보고 그냥 아저씨라고 하는 사람은 소대장님뿐일 겁니다."

그 말에 대한은 피식 웃었다.

센 척 같은 게 아니라 진짜였다.

'어차피 곧 전역할 양반들인데 무섭기는.'

십 년이 넘는 군 생활 동안 많은 장성들의 퇴직을 보았다.

장성은 계약직과 마찬가지라 진급을 못 하면 바로 옷을 벗어야 했으니까.

그래서 개인적으로 안타까운 마음이 들다 보니 자연스레 두려움이 사라졌다.

퇴직 앞에선 장성이든 대기업 부장이든 다들 똑같이 늙고 힘없는 남자들에 지나지 않았으니.

물론 작전사 참모장이었던 최한철을 보고 긴장한 건 그가 대장까지 진급할 걸 알아서 긴장이 될 수밖에 없었다.

그런 의미에서 지금 이리로 오고 있는 양반은 아무리 기억을 떠올려도 생각나질 않았다.

그럼 별로 중요한 인물은 아니라는 말.

잠시 후, 대한이 있는 곳에 50사단장이 도착했고.

"추웅! 서엉!"

대한은 소위의 패기를 제대로 보여 주었다.

행사장을 쩌렁쩌렁 울리는 경례 소리에 사단장은 찌푸렸던 미간을 펴며 대한에게 다가갔다.

"허허, 소위가 여기 어쩐 일이냐? 우리 사단 인원은 아닌 것 같은데?"

"소위 김대한! 장간 및 폭파 지원을 위해 파견을 오게 되었습니다!"

50사단장 소장 엄두호.

육사 출신이라는 점을 제외하고 특별한 건 없는 인물이었다.

도리어 특별한 게 없어서 사단장까지 진급했다.

주변 인물들이 알아서 사고 치고 나가 준 덕분이다.

물론 밋밋해 보이는 그에게도 장점은 있었다.

"소위를 파견 보내다니…… 김 소위네 부대도 대민지원 중인가? 아니면 김 소위가 벌써 그만큼 인정받았다는 건가?"

그것은 바로 한참 아랫사람을 잘해 주는 스타일이라는 것.

실제로 엄두호는 중, 대령의 이름은 몰라도 사단에 전입 온 초급 간부들의 이름은 거의 다 외우고 있었다.

게다가 대한을 보는 시선도 따뜻했다.

마치 손자를 보는 듯한 얼굴.

이런 사람은 대한도 좋아한다.

그래서 더 큰 목소리로 대답했다.

"대민지원은 끝났습니다!"

"그럼 인정받았다는 소리구먼?"

"인정받은 것은 잘 모르겠습니다. 하지만 전승행사를 위해 완벽한 준비를 할 자신은 있습니다!"

엄두호는 본인에게 겁먹지 않고 당당한 태도를 보이는 대한이 마음에 들었다.

'대대장들도 벌벌 떨면서 대답하는데 이놈은 소위 주제에 말도 안 절 고 않고 말을 잘하는군.'

엄두호가 대한의 대답에 고개를 끄덕이며 물었다.

"말하는 걸 보니 거짓은 아니겠구나. 그래, 이번 행사에서 장간조립교 폭파를 하는 건 알고 있겠지?"

"예, 그렇습니다!"

"그러면 지금 이 상태로 폭파를 시킬 건가?"

"제가 받은 지침은 그러했고, 이 상태 그대로 폭파를 시키려고 생각 중이었습니다."

엄두호는 장간을 살피고는 고개를 갸웃거렸다.

"내가 알던 장간이랑 좀 다른데? 뭐가 많이 빠진 것처럼 보인다만."

사실이었다.

빨리 짓는다고 꽤 많은 자재를 빼서 숨겼으니까.

게다가 엄두호가 생각하는 건 삼단삼중식이다 보니 많이 차이가 나 보일 수밖에.

하지만 지금 삼단삼중식을 짓는 건 말도 안 됐다.

그걸 제대로 짓기 위해선 대한의 부대 사람들을 모조리 투입시켜도 힘든 건데 여기 있는 오합지졸로 어떻게 완성시킬까?

그래서 준비해 둔 대답을 풀어놓기 시작했다.

"사단장님이 어떤 장간조립교를 보셨는지 모르겠지만 지금 구축한 장간조립교는 거의 모든 자재가 빠져 있는 상태입니다."

그 솔직한 대답에 주창헌을 비롯한 모든 간부들의 얼굴이 사색이 되었다.

다음 권으로 이어집니다